# WUNDERRAUM
*Lesen ist ankommen.*

# WLADIMIR KAMINER

## Liebeserklärungen

WUNDERRAUM

»*Wenn die Liebe erwacht,*
*stirbt das Ich, der dunkle Despot.*
*Lass ihn sterben in der Nacht,*
*und atme frei im Morgenrot.*«

Rumi

# Inhalt

# Das Mädchen mit dem Hut

Wenn die Liebe nicht mehr von Herzen kommt, wird sie obdachlos. Manchmal geistert sie noch eine Weile als peinliche Erinnerung durch den Kopf des Opfers und verursacht dort ein seltsames Kribbeln, bevor sie sich endgültig im schwarzen Universum der Gleichgültigkeit auflöst.

Lea, die beste Freundin meiner Tochter, kam extra aus Lüneburg, wo sie Nachhaltigkeitshumanwissenschaft studierte, zu uns nach Berlin, um das Konzert ihrer Lieblingsband The Libertines zu hören. Von meiner Tochter wusste ich bereits, dass Lea schwer in den Sänger dieser Band verknallt war. Peter Doherty, das anarchische Babyface mit den kugeligen Augen, hatte es ihr angetan. Ich konnte mir diese Liebe rational nicht erklären. Überhaupt musste ich bei der Vorstellung lachen, wie Lea, dieses große bodenständige Mädchen mit den langen roten Haaren, vor der Bühne kreischend herumhopste.

Was hatte sie bloß an diesem komischen Kauz gefunden? Peter Doherty machte den Eindruck, sein Leben würde nur einem Ziel folgen: die Schlagzeilen der Klatsch- und

Tratschblätter zu füllen. Er war mehr durch Drogenexzesse und Beziehungsdramen als durch gute Musik aufgefallen. Pete war wegen seines Drogenkonsums von seinen Freunden beschimpft, aus der eigenen Band geschmissen und von seiner großen Liebe, dem eiskalten Model Kate Moss, vor die Tür gesetzt worden. Dann machte der Sänger eine Entzugstherapie, freundete sich mit der unvergleichbaren britischen Sängerin Amy Winehouse an, der Frau mit der turmartigen Frisur, und erzählte später, sie hätten eine Liebesbeziehung, dürften aber nicht zusammen sein, weil Amy auch nicht drogenfest sei und sie einander ständig in Versuchung führen würden. Sie gingen daher getrennte Wege. Wenig später war Amy tot, und viele gaben Pete daran die Schuld, obwohl er ständig betonte, Amy habe ihm »unsäglich viel gegeben«.

Diesen ganzen Stuss und mehr las ich in der Zeitschrift Gala im Warteraum meines Frisörs. Die Dame, die vor mir an der Reihe war, hatte eine falsche Haarfarbe bekommen – sie hatte sich Rot gewünscht, es war aber nur ein zartes Rosa herausgekommen. Also musste sie umgefärbt werden. Nur wegen ihrer rosa Haare habe ich überhaupt all die Einzelheiten aus Peter Dohertys Privatleben erfahren – eine endlose Seifenoper.

Was war mit Lea bloß los? Wie konnte eine solche Liebe überhaupt entstehen?, überlegte ich. Hatte sie etwa zu viel Gala gelesen? Oder zu wenig? Für mich war es unvorstell-

bar, dass sich ein so selbstbewusstes, verantwortungsbewuss-
tes Mädchen, das sich für Nachhaltigkeit und Humanwis-
senschaften interessierte, in einen solch windigen Halunken
vergucken konnte. Nichts an diesem Typen war nachhaltig
oder auch nur schön. Doch die Wege der Liebe sind be-
kanntermaßen unergründlich. Mir gegenüber meinte Lea,
sie möge nur die Songs, nicht den Typen. Doch wer glaubte
ihr schon?

»Es geht ihr ganz bestimmt nicht um die Musik, ihr gefällt die Anarchie, das Gefühl der Freiheit, das dieser Mann
ausstrahlt«, erklärte mir meine kluge Tochter unter vier Augen. Die ganze Welt versuchte nämlich, den armen Pete zu
drangsalieren, erzählte ihm, was er alles falsch mache und
wie er schnell zu einem tüchtigen Musiker werden könne.
Auch seine Freundinnen wollten ihn anders haben, als er
war. Sie versuchten, ihn zurechtzubiegen, er aber enttäuschte
sie andauernd, stand mit seinem komischen Hut auf der
Bühne und blickte mit großen Kulleraugen mutig der Welt
entgegen, als wollte er sagen: Lasst mich in Ruhe, ich bin
nicht euer Supertalent. Ich bin Pete, der Blödmann. Hier
stehe ich und kann nicht anders.

Meine Tochter fand diesen Sänger und seine Band nicht
wirklich herausragend. Sie nahm diesem Pete auch seine anarchische Haltung nicht ab, ging aber natürlich mit ihrer
besten Freundin trotzdem in sein Konzert. Die beiden
Mädchen hatten bereits ein halbes Jahr zuvor die Tickets

gekauft, als sich der Sänger noch in Therapie befand und unklar war, ob er es jemals wieder auf die Bühne schaffen würde und ob das Konzert in Berlin – angeblich sein einziger Auftritt in Deutschland – überhaupt stattfinden konnte. An dem Abend schien es unserem Pete aber gut zu gehen. Er erzählte zwischen den Songs Anekdoten, blies Luftküsschen in die Menge, und die Mädchen kreischten vor Begeisterung.

Am Ende des Konzertes nahm er seinen Hut ab und warf ihn ins Publikum, der ersten Reihe vor die Füße. Es kam daraufhin zu einer regelrechten Schlacht um die Kopfbedeckung. Junge Frauen schlugen und schubsten einander, als ginge es um den Heiligen Gral. Lea warf sich wie eine Löwin in die Menschenmenge und kam zwanzig Minuten später mit zerkratztem Gesicht, kaputten Fingernägeln und dem Hut von Peter Doherty zurück. Sie platzte vor Freude, setzte sich den Hut auf und wollte ihn meiner Tochter nicht einmal zum Anfassen geben.

Beide Mädchen gingen noch in eine Bar, diskutierten bis spät in die Nacht über Leas Idol und kamen schließlich zum Übernachten zu uns. Am nächsten Morgen wachte Nicoles Freundin auf und beschwerte sich über Kopfjucken. Wir schauten ihre tollen roten Haare an, und die Diagnose war ziemlich schnell klar: Lea hatte Läuse. Woher sie kamen, darüber gingen die Meinungen auseinander. Waren es die Läuse von Pete Doherty? Von seiner Exfreundin,

der supercoolen Kate Moos? Oder gar von der unvergleichlichen Amy Winehouse, die dem Sänger schließlich laut eigener Aussage so »unsäglich viel gegeben hat«? Wir wussten es nicht. Auf jeden Fall mussten es ziemlich prominente Läuse sein.

Lea fühlte sich durch die Anwesenheit der Tierchen einerseits irgendwie geehrt und auf magische Art mit der Glitzer- und Glamourwelt der freien Kunst verbunden. Andererseits juckte ihr Kopf immer stärker. Wir wiederum fragten uns, ob sich die Prominenz womöglich in der Wohnung ausbreiten wollte. Im heftigen Widerstreit von Ehrgeiz und Vernunft siegte gegen Nachmittag doch die Vernunft, und Lea ging in die Apotheke. Genauer gesagt in unsere berühmte homöopathische Wilhelmsapotheke (in der Gegend als homoapathisch verschrien). Der dortige Apotheker trägt den gleichen Schnurrbart wie Kaiser Wilhelm II., wobei die Spitzen mal nach oben und mal nach unten schauen. Stammkunden wissen, dass der Schnurrbart die Laune des Inhabers verrät: Steht er aufrecht, ist unser Wilhelm gut in Form und homopathetisch drauf. Hängt der Schnurrbart dagegen nach unten, ist der Apotheker tatsächlich in homoapathische Stimmung verfallen. An solchen Tagen sollte man ihn besser nicht belästigen. An dem besagten Tag zeigte der Schnurrbart zwanzig nach acht an. Lea konnte dieses geheime Zeichen aber nicht lesen und marschierte ahnungslos in ihr Verderben.

»Hi! Ich brauche ein Mittel gegen Läuse für meinen kleinen Bruder. Haben Sie so etwas?«, fragte sie den Apotheker.

»Wie klein ist denn Ihr Bruder?«, fing Wilhelm sein Spielchen an. »Ich muss schon genaue Angaben haben, um die richtige Dosis auszurechnen.«

»Groß«, sagte Lea. »Mein Bruder ist ziemlich groß. Also schon klein, aber gut gewachsen. Er ist drei Jahre alt, hat aber lange Haare, fast so lang wie meine.«

Wilhelm schaute Lea an und zog vor Schreck den Schnurrbart hoch. Wahrscheinlich versuchte er, sich ein dreijähriges Kind mit Haaren von einem halben Meter Länge vorzustellen.

»Da müssen bei Ihrem Bruder beim Laufen ja die Haare auf dem Boden schleifen. Kein Wunder, dass er Läuse hat!«, meinte Wilhelm. »Ich gebe Ihnen den guten Rat, schneiden Sie dem Kind die Haare ab.«

»Das ist keine schlechte Idee, danke«, nickte Lea. Sie verdammte diesen Apotheker bereits und wünschte sich, es würden ein paar Läuse von Pete, Amy und Kate auf den Schnurrbart des Kaisers überspringen. Wilhelm wollte aber nicht aufhören. Er befragte Lea weiter, wollte wissen, wie stark es bei dem Dreijährigen jucke, er habe nämlich ein homoapathisches Mittel auf pflanzlicher Basis oder eines mit betäubender Wirkung, das den Juckreiz lindern würde. Für den Dreijährigen würde er eher das auf pflanzlicher Basis empfehlen.

»Ich nehme beides, für alle Fälle«, sagte Lea mit eiserner Stimme. »Mal sehen, was besser hilft.«

»Ich empfehle Ihnen wirklich, dem Kind die Haare zu schneiden. Es ist schädlich für den Rücken, so viel Gewicht auf dem Kopf zu tragen.« Der Apotheker wedelte zum Abschied mit seinem Schnurrbart.

Bei uns zu Hause wusch sich Lea den Kopf mit dem Läusemittel, fuhr nach Lüneburg zurück und versuchte, die ganze Geschichte zu vergessen. Meine Tochter erzählte später, die Liebe zu Pete sei danach erloschen. Doch jedes Mal, wenn Lea die Libertines auf einem Foto, in einer Zeitschrift, auf einem Plakat oder im Internet sieht, fängt es auf ihrem Kopf an zu kribbeln. Sie weiß aber, dass es ein Scheinkribbeln ist. Es sind die Nachwehen einer kaputtgegangenen Liebe, die noch lange juckt.

# *Liebe, Freundschaft und Partnerschaft durch Selbstheilung*

Es war dunkel im Schrank, kalt und leer. Auf dem Boden lagen die Kopfkissen ohne Bezug und eine Zusatzdecke für besonders kalte Nächte. Susanne setzte sich auf die Kopfkissen und gähnte. Ihre Idee, sich in Uwes Hotelzimmer zu verstecken und ihn mit einem Sprung aus dem Schrank zu überraschen, dieser originelle Einfall, der ihr noch vor Kurzem so großartig und wunderbar erschienen war, erwies sich als logistisch fehlerhaft und nicht gut durchdacht. Seit einer Stunde saß Susanne im Schrank, und der Mann ihrer Träume war noch immer nicht erschienen.

Susanne hatte Uwe vor zwei Tagen beim Basisseminar »Liebe, Freundschaft und Partnerschaft durch Selbstheilung« im Hotel Vita Nova kennengelernt. Und genau dieses blöde Seminar hatte sie in den Schrank von Uwes Hotelzimmer geführt. Prof. Dr. Mayer, der dieses Seminar führte, hatte erklärt, Probleme bei der Partnersuche lägen meistens in der Person des Suchenden: in dessen Einstellung, der mangelnden Bereitschaft zu Kompromissen, seiner Intoleranz und fehlenden Kreativität, die jede Suche erfolglos machen würde.

»Man muss berücksichtigen«, erläuterte Dr. Mayer, »dass die Partnersuche aus dem realen Leben inzwischen fast vollkommen ins Internet abgewandert ist. Es gibt unzählige Internetportale, durch die Menschen zueinander finden, inklusive besonderer Vermittlungsangebote für militante Veganer und alleinstehende Fleischfresser mit Kinderwunsch. Die Menschen werden vom Algorithmus nach ihren politischen Ansichten, beruflichen Präferenzen und nach ihren Essgewohnheiten sortiert. Das macht die Suche effizienter. Der Algorithmus erledigt quasi die Drecksarbeit der Vorauswahl, damit die zukünftigen Partner keine bösen Überraschungen erleben.«

Das konnte Susanne gut nachvollziehen. Sie hatte nämlich ihren Exfreund gar nicht an eine andere Frau, sondern an die AfD verloren. Wer hätte das ahnen können. Sie hatte ihn im Sommer in einer Diskothek kennengelernt: einen großen blonden Kerl, etwas starrköpfig und direkt, aber sehr, sehr lieb. Für den Winter war bereits eine gemeinsame Urlaubsreise nach Norwegen zum Skilaufen geplant. Sie hatten über alles Mögliche, aber nicht über Politik geredet. Erst im Spätherbst hatte Susanne festgestellt, dass ihr toller Blonder sich für einen Nachfahren der Nibelungen hielt. Er ging auf merkwürdige Demos, meinte, er sei das Volk, und wollte am liebsten ganz Deutschland für Menschen mit germanischen Wurzeln reservieren. Sie hatten einen Riesenstreit mit lautem Türenschlagen, der die Beziehung beendete.

Seit diesem Vorfall war Susanne beinahe linksradikal geworden, auf jeden Fall hatte sie noch eine offene Rechnung mit den Rechten.

»Die AfD hat mir meinen Freund ausgespannt!«, erzählte sie abends den anderen Teilnehmerinnen des Seminars »Liebe, Freundschaft und Partnerschaft durch Selbstheilung« bei der kleinen Frauenrunde in der Trattoria Del Corso gegenüber dem Hotel.

»Daran ist nur die Disko schuld«, meinten ihre Freundinnen. »Hättest du deinen Blonden nicht beim Tanzen, sondern im Internet kennengelernt, wäre so etwas nicht passiert. Du musst dich schnell bei uns anmelden!«

Die Freundinnen waren nämlich schon seit Jahren bei der »Singlebörse Gelsenkirchen« und hatten heimlich eine Art Aktionsbündnis gegründet. Sie durchforsteten die Kontaktanzeigen regelmäßig nach Verheirateten, die sich als Singles ausgaben und daher ohne seriöse Absichten im Trüben fischten. Für solche Fälle warf ein Mitglied dieses Bündnisses einen Köder aus, vereinbarte ein Date im Hotel und kontaktierte die Ehefrau des betreffenden Scheinsingles. Gleichzeitig sammelten die Frauen so viele Informationen wie möglich und hatten im Lauf der Zeit eine umfangreiche Datenbank über Männer aus gescheiterten Partnerschaften angelegt. Frauen berichteten darin über die Gründe des Scheiterns ihrer Beziehung und gaben Auskunft über die privaten Marotten oder wahren Vorlieben ihrer ehemaligen

Partner. Diese Datenbank diente dem Austausch. Denn was eine Frau für eine komische Marotte hielt, konnte eine andere als Vorzug sehen.

Die Freundinnen waren jedes Jahr im Seminar von Prof. Dr. Mayer und schienen alle Männer im Ruhrgebiet zu kennen. Sie hatten Susanne auf Uwe aufmerksam gemacht, der auch am Seminar teilnahm – als Referent. Uwe hatte bei der »Singlebörse Gelsenkirchen« zehn verschiedene Profile angelegt, alle mit demselben Foto, demselben Sternzeichen und derselben Biografie. Nur bei den Ernährungsgewohnheiten unterschieden sich seine Profile. Er wollte herausfinden, welche Art Esser Frauen bevorzugten. Seine Forschungsergebnisse waren äußerst interessant. Fast alle Frauen zogen Kaffee trinkende Männer den Teetrinkern vor, Biertrinker unterlagen Weintrinkern bei Weitem, und Schnapsmänner hatten gar keine Chance. Männer, die gerne Avocados aßen oder Schokolade mochten, zogen Frauen an wie eine Glühbirne die Motten. Am schlechtesten dran waren hingegen Bratkartoffelliebhaber und Broileresser. Während der Käsegourmet und sogar der Bratwurstliebhaber bei Frauen noch halbwegs auf Verständnis trafen, konnte der Grillhähnchen-Fetischist gleich einpacken. Broiler schienen wie ein rotes Tuch auf Frauen zu wirken.

Von diesen Erkenntnissen berichtete Uwe in seinem Kurs »Selbstfindung und Erschaffung der Identität«, der Teil des Workshops war. Er hatte auf all seinen Profilen unter

»Charaktereigenschaften« »schüchtern« eingetragen, und tatsächlich machte er einen zurückhaltenden Eindruck. In der Mittagspause waren er und Susanne mehrmals an einem Tisch zusammengesessen. Sie hatten sich über Nichtigkeiten unterhalten, er hatte Susanne sehr lieb angelächelt und mit der Gabel mehrmals den Teller verfehlt, weil er sie die ganze Zeit angeblickt hatte. Aber er unternahm keine weiteren Annäherungsversuche, fragte sie nicht einmal, was sie denn abends vorhabe.

»Okay, Junge, ich helfe dir«, dachte Susanne. Immerhin übernachteten sie im selben Hotel. Ihr Plan war riskant und genial zugleich. Am letzten Tag wartete sie abends, bis Uwe das Hotel verlassen hatte, um mit einem Freund in der Trattoria zu essen. Dann ging Susanne zur Rezeption und behauptete, sie hätte ihre Karte dummerweise auf dem Zimmer vergessen, Nummer 443 bitte, danke schön. Es war das Zimmer von Uwe, das hatte sie ausspioniert. Sie spazierte hinein, zog sich aus und versteckte sich im Schrank. Ihr Plan ging folgendermaßen: Uwe würde nach dem langen Tag ins Zimmer kommen, sich aufs Bett legen, und plötzlich ginge die Schranktür auf, und Susanne käme nackt heraus. Etwas Romantischeres hatte die Welt noch nicht gesehen, dachte sie.

Was sie unmöglich wissen konnte, war, dass an diesem Abend Schalke 04 gegen Borussia Dortmund spielte. Auf seinen zehn Profilen für die Partnersuche hatte Uwe leider

nicht erwähnt, dass er Schalke-Fan war. Nach dem Abendessen war er gleich zum Fußballschauen gegangen. Es war ein verrücktes Spiel, das verrückteste in seinem ganzen Leben. Mit 4:0 für Dortmund gingen die Mannschaften in die Pause, und Uwe und sein Freund André beschlossen, sich zu betrinken. Kein Schalke-Fan glaubte mehr, dass etwas Erfreuliches auf dem Feld passieren würde. Die zweite Halbzeit begann dann mit einem Eigentor der Dortmunder. »Geschieht ihnen ganz recht!«, riefen die Männer schadenfroh. Dann unterliefen der Verteidigung der Borussen einige untypische Fehler, während die Schalkespieler wie ausgewechselt waren. Sie kamen immer mehr in Fahrt und schlachteten den Gegner buchstäblich. Beim Stand von 4:4 in der 94. Minute hatten sie in der Verlängerung noch drei Minuten Zeit, um zu gewinnen. Daraus wurde zwar nichts, aber die Stimmung kochte hoch und höher.

Das Spiel ging weit nach Mitternacht zu Ende. Alle waren fix und fertig – die Spieler auf dem Feld und die Fans vor dem Fernseher. Die Bar machte zu, aber André und einige neue Freunde, alles Schalke-Fans, wollten unbedingt noch ein letztes Bier auf die Standhaftigkeit ihrer Mannschaft trinken.

»Wir gehen zu mir ins Hotel«, schlug Uwe vor, »und plündern die Minibar.«

Er selbst hatte eigentlich keine Kraft mehr. Kaum hatte er sein Zimmer betreten, fiel er aufs Bett und schlief ein.

»Wo ist denn hier die Minibar?«, fragten sich die Freunde.

Einer öffnete den Schrank, in dem Susanne nackt auf dem Boden lag und schlief.

»Ich glaube, wir sollten lieber gehen«, sagte einer der Fußballfans zu den anderen. »Hier schlafen überall Menschen.«

Die Freunde umarmten einander, machten das Licht aus und verließen auf Zehenspitzen das Zimmer.

# Der blaue Elefant

Im letzten Jahr ihres Studiums im Moskauer Maschinenbauinstitut verliebte sich meine Mutter. Das Objekt ihrer Sehnsucht war ein Mann, der im Institut zwei Mal die Woche »Marxistische Lehre und Kommunistische Theorie« unterrichtete. Er war dreißig Jahre älter als sie und im Krieg an der Front schwer verletzt worden, hatte mehrere Granatensplitter in der Schulter, die ihn jederzeit töten konnten, war verheiratet und hatte zwei Töchter, die nicht viel älter als meine Mutter waren. Kurzum, er war das perfekte Objekt für die erste unglückliche Liebe. Die »Marxistische Lehre und Kommunistische Theorie« war bei den Studenten nicht sonderlich beliebt, die meisten mieden die Vorlesung. Am Ende des Jahres lasen sie schnell eine dünne Broschüre gleichen Titels und bekamen ihre Note fürs Zeugnis. Der Dozent war zwar ein überzeugter Kommunist, aber kein Fanatiker, er wollte die jungen Leute nicht in Schwierigkeiten bringen.

Meine Mutter verpasste keine einzige Vorlesung über die kommunistische Theorie. Sie setzte sich ganz nach vorne und bohrte dem Dozenten mit ihren Blicken Löcher in sein

Hemd. In Russland sagt man, Männer lieben mit den Augen, Mädchen mit den Ohren. Obwohl meine Mutter sich die Vorlesungen zu Marx aufmerksam anhörte, fand sie in ihnen keine Antworten auf ihre Fragen. Marx erzählte vom immerwährenden Klassenkampf und davon, dass das Sein das Bewusstsein bestimme. Auch meinte er, Religion sei Opium für das Volk. Über die Liebe und wie man sie erklärt, hatte Marx nichts Brauchbares geschrieben.

Der Dozent ignorierte meine Mutter, er ließ sich durch sie nicht von seinen Klassenkämpfen ablenken. Meine Mutter brauchte jemanden, mit dem sie über ihre Liebe reden konnte, und offenbarte sich ihrer besten Freundin.

»Vergiss ihn, schlag ihn dir aus dem Kopf«, empfahl ihr die Freundin. »Selbst wenn er auf dich aufmerksam wird, hat eure Beziehung keine Zukunft. Er wird deinetwegen nicht seine Familie verlassen! Und wenn doch, wird er sich ein Leben lang Vorwürfe machen.«

Für meine Mutter waren diese Ratschläge nicht viel wert. Wie kann man jemanden vergessen, den man liebt? Zwar versuchte sie es immer wieder, aber vergeblich. Menschen tun oft so, als hätten sie ihre Gedanken und Gefühle unter Kontrolle. Manchmal aber bestimmt das Unterbewusstsein das Sein, da kann auch Marx nicht helfen. Die Unfähigkeit des Menschen, seine eigenen Gedanken zu beeinflussen, wird in einem berühmten psychologischen Experiment vorgeführt, in dem die Probanden aufgefordert werden, nicht

an einen blauen Elefanten zu denken. Nach dieser Auffor-
derung denken sie an nichts anderes mehr.

Eines Tages fasste sich meine Mutter ein Herz und ver-
wickelte den Mann ihrer Träume in ein Gespräch. Sie fragte
ihn über den Klassenkampf aus und warum dieser noch immer nicht beendet sei, das habe sie nicht verstanden. Er lächelte und schlug vor, gemeinsam ein Eis essen zu gehen.
Ihre Romanze entwickelte sich nun unaufhaltsam, obwohl
alle dagegen waren: Er, seine Frau und die Mutter meiner
Mutter sowieso. Die Verliebten trafen sich mal bei ihm zu
Hause, wenn die Familie nicht da war, mal trafen sie sich
in seinem Gartenhaus am Stadtrand, und einmal besuchte
er sogar sie. Die Mutter meiner Mutter hatte viele Fragen
nach diesem Besuch. Meine Mutter gab zu, verliebt zu sein.
Ihre Mutter erschrak. Die Vorstellung, dass ihre Tochter mit
einem verheirateten Mann eine Affäre hatte, brachte sie auf
die Birke.

»Du musst ihn vergessen, ihn dir aus dem Kopf schlagen,
denk nicht an ihn! Denk nicht an ihn! Denk an dich und
deine Zukunft!«

Doch das war leichter gesagt als getan. Je mehr Menschen
sie dazu aufforderten, nicht an den Mann ihrer Träume zu
denken, desto mehr Platz eroberte er in ihrem Kopf. Der
Dozent der marxistischen Theorie wurde zum blauen Elefanten meiner Mutter. Ihre Mutter wiederum meinte, mit
ihrem Verhalten entehre sie die Familie.

»Was soll ich tun? Soll ich mich vor die Straßenbahn werfen?«, fragte meine Mutter verzweifelt. Für ihre Mutter war es anscheinend leichter, die eigene Tochter unter der Straßenbahn liegen zu sehen als in den Fesseln ihres blauen Elefanten. Sie drohte gar, zum Parteikomitee des Maschinenbauinstituts zu gehen und den Elefanten wegen seines amoralischen Verhaltens anzuzeigen. Daraufhin verschwand die Tochter für zwei Nächte. Sie übernachtete bei einer Freundin, um ihrer Mutter zu zeigen, dass sie unabhängig von ihr leben konnte.

Die Mutter machte ihre Drohung dennoch wahr. Sie ging zum Institut ihrer Tochter und klopfte beim Vorsitzenden des Parteikomitees an die Tür – wo der Elefant höchstpersönlich am Tisch saß. Er erklärte der Frau Mutter, dass die marxistische Theorie und die kommunistische Lehre sich für die Befreiung des Menschen auf allen Ebenen einsetzten. Auch dessen Gefühle sollten von allen Vorurteilen und Klischees befreit werden.

»Lassen Sie Ihre Tochter in Ruhe, jeder darf selbst entscheiden, wie er leben möchte«, sagte der Elefant.

Seine eigene Frau sah das anders. Einmal, als meine Mutter mit dem Elefanten aus dem Kino kam, trafen sie sie vor dem Filmtheater auf der Straße. Die Frau des Elefanten wurde leicht hysterisch und fragte, wieso ihr Mann, der ihr doch eigentlich gesagt hatte, er müsse Überstunden mit besonders faulen Studentinnen und Studenten machen, jetzt plötzlich mit einer Studentin im Arm aus dem Kino

komme. Zu zweit beruhigten sie die Frau und machten anschließend Witze über ihre Eifersucht. Sie waren noch einmal knapp davongekommen, aber es war nur eine Frage der Zeit, bis das Ganze aufflog.

Eines Tages hatte die Ehefrau Waschtag und suchte die insgesamt sechs Socken des Elefanten zusammen. Fünf waren schwarz, doch die sechste Socke hatte plötzlich ein fremdes Muster: Auf die Ferse war eine kleine Maus aufgenäht. Der Elefant hatte nie Socken mit Mäusemuster getragen, es war eindeutig eine Frauensocke. Im Wahn der Liebe hatten sie wahrscheinlich die Socken verwechselt, denn dummerweise hatte der Mann kleine Füße. Nun hatte die kleine Maus den Elefanten verraten. Seine Frau drohte, falls er nicht mit Geist und Körper zu seiner Familie zurückkehre, werde sie zuerst sich selbst, dann die Kinder und anschließend den Rest der Welt umbringen. Sie rang ihm den Schwur ab, dass er diese andere Frau, ganz egal wer sie sei, nie wieder treffen, anfassen oder ansprechen werde.

Der Elefant schrieb meiner Mutter einen Abschiedsbrief. Dort stand, dass die marxistische Lehre und die kommunistische Theorie von jedem Einzelnen Disziplin und Selbstaufopferung forderten. Wir müssten auf gewisse Dinge im Leben verzichten, um das große Ganze nicht zu gefährden. Denn der Klassenkampf sei noch nicht beendet, das Sein müsse leider das Bewusstsein bestimmen, und die Liebe sei wie der Glaube, also Opium für das Volk.

Meine Mutter weinte sehr. Sie wechselte das Institut, um dem Mann nie wieder zu begegnen. Als wäre das Ganze nicht schon schlimm genug, starb der Elefant drei Monate später, obwohl er gar nicht so alt war, infolge seiner Kriegsverletzungen. Irgendein Granatensplitter in seinem Körper war in sein Herz gewandert. Auf dem Friedhof weinten seine Witwe und meine Mutter zusammen. Meine Mutter erzählte ihr, dass er die ganze Zeit nur sie, seine Frau, geliebt und sogar im Schlaf nur von ihr gesprochen habe.

Vier Jahre später heiratete meine Mutter meinen Vater. Er war ein sehr eifersüchtiger Mann und wollte alle realen und potenziellen Liebhaber meiner Mutter aus der Vergangenheit tilgen, damit sie sich in der Zukunft nicht erneut meldeten. Dafür schaute er sich gleich nach der Hochzeit in den privaten Sachen seiner Ehefrau um. Er suchte Liebesbriefe aus ihrem früheren Leben, möglicherweise Geschenke von ehemaligen Liebhabern. Das Ergebnis seiner Durchsuchung war enttäuschend. Alles, was er fand, waren eine schwarze Männersocke und ein Flugblatt über die Anforderungen des Klassenkampfes, per Hand geschrieben und mit einem gezeichneten Elefanten darunter.

# Pinguine an der Ostsee

Mein Freund Peter, ein fröhlicher Kerl aus dem Süden Deutschlands, der gern lustige Geschichten erzählt, war durch eine Verkettung glücklicher Umstände Hoteldirektor an der Ostsee geworden. Sein Arbeitsplatz war eine ehemalige DDR-Anlage, die noch im Auftrag der sozialistischen Regierung gebaut worden war, damit die eingemauerten Arbeiter sich keine Gedanken darüber machen mussten, wo sie ihren nächsten Urlaub verbringen sollten. Der deutsch-demokratische Staat hatte den Anspruch, die Freizeit seiner Bürger ebenso wie ihren Alltag zu regeln. Wahrscheinlich aus diesem Grund marschierten die Bürger wenig später durch die Straßen und hielten Plakate mit dem Spruch »Visafrei bis Hawaii« in die Höhe. Die Ferienanlage, die Peter leitete, hatte diesen alten sozialistischen Charme. Sie sah medizinisch-bedrohlich aus, ein Betonmonument aus vergangener Zeit, eine Mischung aus Bürohaus und Poliklinik direkt am Strand.

Die Insel Rügen war das Hawaii des Ostens. Jedes Jahr erzählte Peter, wie kompliziert der Ostseetourismus war. Die

Grimmigkeit der Mitarbeiter war eines der Probleme. Wie die Russen konnten auch seine Angestellten bei der Arbeit irgendwie nicht wirklich lächeln. Außerdem wusste man an der Ostsee nie, wann die Sonne scheinen würde. In den letzten Jahren war das Meer im Winter sogar stellenweise zugefroren. Das Eis wurde so fest, dass man womöglich bis Schweden laufen konnte.

Peter fuhr für seine Arbeit regelmäßig zu Hotelmessen und Kongressen. Bei einem solchen Treffen sagte der Vortragende, laut einer Statistik, erstellt von einem namhaften Forschungsinstitut, belege Rügen den letzten Platz auf der sogenannten Freundlichkeitsskala. Das sei doch empirisch gar nicht zu belegen, regte sich Peter von seinem Platz aus auf. »Doch, doch, das ist empirisch abgesichert«, behauptete der Referent.

Peter hatte keine Argumente gegen diese Statistik. Die Wahrheit ist aber oft mit keiner Statistik zu erfassen, so wie in diesem Fall. Denn manchmal sitzt die Freundlichkeit so tief in einem Menschen, dass die oberflächlichen Soziologen sie einfach übersehen. Sie ist aber da, hält sich nur etwas versteckt. In Wirklichkeit sind die Rügener warme, herzensgute Menschen. Sie zeigen es Fremden bloß ungern, um nicht als Angeber dazustehen. Manchmal wirken sie etwas wortkarg, sie sind keine Plaudertaschen, können aber mit wenigen Worten sehr viel sagen und haben eine ausdrucksvolle Mimik, wenn sie schweigen. Die meisten Menschen

auf der Insel neigen überdies zur Nachdenklichkeit. Sie sind vom Meer gebannt, das sie stets vor Augen haben. Es ist längst bekannt, dass man leicht hypnotisiert wird und innerlich erstarrt, wenn man zu lange aufs Wasser schaut, auf die in den Wellen schaukelnden Möwen, auf Ebbe und Flut. Die Westtouristen wissen das nicht und beschweren sich regelmäßig beim Hoteldirektor.

»Nein, nein«, erklärte ihnen Peter dann fröhlich, »der Beachboy am Strand ist nicht traurig. Er hat nur eine Gesichtslähmung, die noch aus DDR-Zeiten stammt, deswegen kann er nicht lächeln. Nein, der Kellner meinte es nicht böse, als er ›Nehmt den Aal‹ zischte. Das war die heutige Empfehlung des Kochs.«

Es ist nicht leicht, ein Hotel an der Ostsee zu leiten. Im Sommer kommen zahllose Touristen, denn die Ostsee ist ein ganz besonderes Meer, jeder Tag hier ist einmalig. Im Winter ist dagegen tote Hose. Zu Silvester ist das Hotel noch einmal gut belegt, und auch vorher, zu Weihnachten, kommen große Familien, die keine Lust haben, zu Hause zu kochen. Was dem Hotel davor und danach hilft, über die Runden zu kommen, sind die Hochzeiten. 75 Hochzeiten pro Jahr werden hier gefeiert, denn nichts ist romantischer als eine Trauung am Strand. Die Musikgruppe spielt, das Standesamt stellt ein Zelt am Meer auf, es gibt Lagerfeuer, Tanz und Party.

Peter versuchte, es jedem Hochzeitspaar recht zu machen, obwohl viele Gäste verrückte Wünsche hatten. Einmal

heiratete ein Finanzberater seine Lebensgefährtin, mit der er seit dreißig Jahren zusammengelebt hatte. Es sollte ein ganz besonderer Hochzeitstag werden. Schon Monate im Voraus stand der Ablauf fest: Zum Auftakt war ein großes Konzert geplant, bei dem die Natürlichen Sieben a cappella singen sollten, eine romantische Männergruppe, die das Paar einmal in Atlanta gesehen hatte. Als Nächstes wollte der Finanzberater selbst auftreten und verkünden, er habe dieser Frau vieles zu sagen, aber er sei ein Mann der Zahlen, nicht der Worte, ihm würden deswegen die richtigen fehlen. Deswegen habe er jemanden mitgebracht, der immer die richtigen Worte finde. Daraufhin käme Bruce Springsteen auf die Bühne. »Meine Frau mag ihn sehr«, erklärte der Finanzberater.

»Ein schickes Programm«, nickte der Hoteldirektor dazu.

»Aber noch mehr als Bruce Springsteen mag meine Frau Pinguine«, sagte der Bräutigam, ohne zu zwinkern. »Deswegen dachte ich, vielleicht können Sie uns helfen, dass nach dem Auftritt von Bruce Springsteen ein Pinguin aus dem Meer kommt und unsere Eheringe im Schnabel hält. Wäre das möglich? Können Sie uns einen Pinguin besorgen? Geld spielt keine Rolle. Nennen Sie mir irgendeinen Betrag. Ich habe schon so viel für Bruce Springsteen bezahlt, da werde ich mir doch für den Rest einen Pinguin kaufen können.«

»Ich kann Ihnen einen Eisbären empfehlen«, sagte Peter. »Der ist ebenfalls lustig und romantisch, und wir haben

da ein ganz tolles Kostüm.« Er dachte dabei mit Schadenfreude an den alten Stasi-Beachboy, dessen Aufgabe es wäre, im Fall der Fälle in ein Eisbärenkostüm zu schlüpfen und ins Wasser zu springen.

»Meine zukünftige Frau mag nur Pinguine, keine Bären«, sagte der Finanzberater. »Echte Pinguine, keine kostümierten Menschen. An diesem Tag muss alles echt sein, das habe ich ihr versprochen. Es muss doch welche geben. Was meinen Sie, können Sie mit ihnen reden?«

Peter nickte automatisch und erwiderte erst einmal gar nichts. Es war ihm auch nicht ganz klar, mit wem er reden sollte – mit Pinguinen? Und worüber? Ob sie bereit wären, für den Finanzberater Eheringe aus dem Meer zu tragen? Selbst wenn sie ihm antworten würden, könnte er sie nicht verstehen. Es wäre auch total unglaubwürdig, wenn ein Pinguin aus der Ostsee käme. Dort hat es nie Pinguine gegeben.

»Mal sehen, was wir tun können. Es wird uns schon eine Lösung einfallen.« Peter blickte optimistisch in die dunklen Augen des Finanzberaters.

Am nächsten, übernächsten und überübernächsten Tag dachte Peter viel über Pinguine nach. Er fuhr nach Stralsund zum Ozeaneum, wo sie eine Menge Pinguine hatten, und fragte den Direktor, ob es theoretisch möglich wäre, dass ein Pinguin Eheringe überreichte.

»Klar ist das theoretisch möglich«, sagte der Aquariumsdirektor, »wenn das Ehepaar zu uns kommt und wir ein

paar Jahre Zeit für die Dressur haben. Aber ich kann Ihnen keinen Pinguin mitgeben. Was ist, wenn der Vogel einfach verschwindet? Die Ostsee friert mittlerweile zu, eine neue Entwicklung, Sie wissen Bescheid. Wer kann uns garantieren, dass sich der Pinguin mit den Eheringen nicht nach Schweden absetzt? Das wird er sogar ganz sicher machen, ich würde es an seiner Stelle ja auch tun«, sagte der Aquariumsdirektor.

Jeden Tag meldete sich der Bräutigam, um nachzufragen, wie weit der Direktor inzwischen mit Pinguinen vorangekommen sei. »Wir sind im Gespräch«, antwortete Peter nur.

Die Vorbereitungen waren mittlerweile fast abgeschlossen, alles klappte wie am Schnürchen. Die Natürlichen Sieben waren gut in Rostock angekommen, Bruce Springsteen hatte zugesagt, die Pyrotechnik war bestellt, nur der Pinguin fehlte noch. Der Direktor hatte sogar einen Albtraum, in dem sich der Bräutigam tanzend zu Bruce Springsteens Musik in einen Pinguin verwandelte.

In der Nacht vor der Hochzeit wurden die letzten Aufräumarbeiten erledigt, das Standesamtzelt wurde aufgebaut und das Feuerwerk angelegt. Alle Mitarbeiter gingen nach Hause, nur der Direktor lief noch am Strand entlang. Das Wasser war bereits von einer Eiskruste überzogen, vom Ufer aus konnte man allerdings nicht abschätzen, wie dick sie war. Der Direktor wagte sich darauf. »Glattes Eis, ein Paradeis, für den, der gut zu tanzen weiß«, wiederholte er Nietzsches

berühmtes Gedicht, das dieser angeblich in der Badewanne verfasst hatte. »Glattes Eis, ein Paradeis …« Der Direktor entfernte sich immer weiter vom Ufer. In seinem schwarzen Anzug mit Krawatte und Lackschuhen glitt er vorsichtig übers Eis. Zuerst nur, um festzustellen, ob es überhaupt hielt. Dann immer schneller, immer weiter Richtung Horizont.

Ich habe schon lange nichts mehr von ihm gehört. Vielleicht leitet er jetzt ein Hotel in Schweden.

# Die Liebe in den Zeiten des Internets

Beim Kennenlernen im Internet solle man so wenig wie möglich von sich selbst erzählen, sondern sich auf die Interessen und Hobbys der gesuchten Frau beziehen. Das las Alexander in einem vertrauenswürdigen Ratgeber. Außerdem sei es wichtig, seinem Adressaten einen Spitznamen zu geben, um gleich zu Anfang eine »Atmosphäre des Vertrauens« zu schaffen, »eine Welt für zwei«. Dieser Empfehlung war eine Liste mit über fünfhundert der am häufigsten in Deutschland verwendeten Kosenamen beigefügt: Schmusebär, Zuckerschnitte und so weiter – einer alberner und geschmackloser als der andere. Diese Kosenamen konnten nichts außer Abneigung hervorbringen und dafür sorgen, dass man für den Rest des Lebens Single blieb. Aber man musste ja nicht alles tun, was ein Ratgeber empfahl, dachte Alexander und gab seiner ersten Internetbekanntschaft den Spitznamen »Turandot«.

Auf den Fotos sah die Frau recht lustig aus: eine große Brünette, die viel und gerne reiste. Ihre Fotos stammten alle aus unterschiedlichen Städten – München, Barcelona,

Madrid. Und immer mit einem schicken Theater im Hintergrund. Unter ihren Hobbys stand, sie liebe Musik, vor allem die Oper. »Ich auch!«, schrieb ihr Alexander, obwohl er sich nicht wirklich mit der Oper auskannte. *Turandot*, so recherchierte er im Netz, war eine Oper über eine geheimnisvolle Prinzessin mit Beziehungsproblemen. Passt also, dachte er.

Sie verabredeten sich, lernten einander kennen, und schnell stellte Alexander fest, dass sie unter »Musikliebe« zwei völlig unterschiedliche Dinge verstanden. Er hatte sich vorgestellt, dass seine Turandot mit Kopfhörern durch die Gegend lief, ab und an ins Konzert ging und ihre Lieblingsmusik aus dem Netz herunterlud. Doch Turandots Liebe zur Oper war manisch. Die Frau war völlig verrückt danach. Ihr ganzes Geld, all ihre Pläne und Reisen galten den neuesten Opernvorführungen. Ihre Uniform, ein schwarzes Abendkleid mit Rüschchen, hatte sie immer in Griffweite. Sie erjagte im Internet günstige Karten für Neuinszenierungen in sämtlichen europäischen Opernhäusern. Wenn es ihr gelang, in London, Paris oder Barcelona etwas zu finden, packte sie das Abendkleid in einen Rucksack, kaufte ein Sparticket für die Bahn oder eine Busfahrkarte, fuhr in die betreffende Stadt, ging abends in die Oper, wechselte auf der Toilette ihre Jeans gegen das Abendkleid und fuhr nach der Vorstellung ohne Übernachtung mit dem Nachtbus zurück, das Abendkleid im Rucksack.

Alexander ging drei Mal mit in die Oper, wo seltsam verkleidete Menschen auf der Bühne aufeinander lossangen, statt wie normale Menschen miteinander zu reden. Ihre Konflikte waren in der Regel gut nachvollziehbar: eifersüchtige Ehemänner, Streitereien in der Familie, Stress bei der Arbeit. Doch statt ihre Probleme in Ruhe auszudiskutieren, sangen sie laut davon. Das Publikum klatschte begeistert, die Sängerinnen und Sänger verbeugten sich tief. Die beiden waren auch gemeinsam in *Turandot* gegangen, wo eine merkwürdig kalte, sadistische Prinzessin jeden Mann hinrichten ließ, der ihr nicht gefiel. »Mein Kopf steht nach anderen Dingen«, sang sie. »Es pocht mein Herz in ungewohntem Schlag, mein Geist treibt sich, das Blut, es stockt und jaaaagt.« Die Zuhörer klatschten eine halbe Stunde lang.

Alexander fand die Oper im Großen und Ganzen gewöhnungsbedürftig. Manchmal, wenn er die Augen schloss und die komischen Menschen auf der Bühne nicht mehr sah, konnte er Gefallen an der Musik finden. Doch sobald er die Augen wieder öffnete, war der Zauber vorbei. Außerdem waren Opernbesuche unsäglich teuer.

Er wählte schließlich eine andere Strategie. Er begleitete seine Turandot, ließ sie ihre Oper genießen und machte derweil einen Stadtspaziergang. In London machte er eine Pub-Tour, in München besuchte er die berühmten bayerischen Brauhäuser. Wenn die Oper vorbei war, war Alexander in

der Regel ziemlich breit. Gemeinsam fuhren sie dann zurück – sie voller musikalischer Eindrücke und hellwach, er voller Bier und schnarchend.

Mit der Zeit ging ihm die Oper allerdings auf den Geist. Er stellte seine Freundin vor die Wahl: entweder er oder die Musik. Die Freundin nahm diese Herausforderung sehr ernst, denn sie mochte Alexander. Nach einer Nacht voller Zweifel, Gespräche und Tränen entschied sie sich aber doch für die Oper: »Weil sie ewigen Genuss bietet, und alles andere bloß vergänglich ist.« Sie trennten sich in gegenseitigem Einvernehmen.

Allein sein ist schon schön, aber auf Dauer anstrengend. Alexanders zweite Bekanntschaft hatte als Hobby »tierlieb« angegeben. Alexander mochte Tiere. Als Jugendlicher hatte er sogar einen Hund, einen Pudel namens »Petruschka«, den er sehr geliebt hatte. Paula hatte einen unerzogenen siebzig Kilo schweren Neufundländer. Gleich bei der ersten Begegnung legte der Hund seine Pfoten auf Alexanders Brust, sodass dieser beinahe umkippte. Außer dem Hund besaß seine neue Bekannte Paula noch zwei Schildkröten: Martina und Sandra. Sie lebten ein halbes Jahr im Terrarium und ein halbes Jahr im Kühlschrank, unten im Fleischfach. Außerdem lebte bei Paula auch ein Kanarienvogel, der nach einem Schlaganfall nicht mehr fliegen konnte, aber unermüdlich durch die Wohnung lief. Angeblich hatte der Kanarienvogel den Schlaganfall erlitten, nachdem ihn der

Hund einmal versehentlich verschluckt hatte. Paula hatte den Neufundländer daraufhin überredet, den Vogel auszuspucken. Dieser überlebte zwar die abenteuerliche Reise in den Rachen des Hundes und zurück, doch danach war er nicht mehr derselbe.

Paula besaß außerdem jede Menge exotische Gewächse und kaufte ständig neue dazu. Ihre Wohnung ähnelte einem Urwald. Während der Grünen Woche in Berlin kaufte sie einmal einen großen Kaktus, in dessen Topf sie eine lebende Eidechse entdeckte. Diese teilte sich mit den Schildkröten zwei Wochen das Terrarium und wurde mit Löwenzahn ernährt. Doch plötzlich bekam die Eidechse Heimweh und begann, in ihrer Trauer die Schildkröten zu terrorisieren. Paula beschloss, sie der Grünen Woche zurückzuschicken. Die war jedoch längst vorbei. Alexander schlug daher vor, einen Brief an das Bundesamt für Amphibien zu schreiben mit einer kurzen Beschreibung der Situation und der Bitte, die Eidechse in ein Tierheim zu bringen. Paula lachte ihn aus. Erstens gäbe es in Deutschland ein solches Bundesamt nicht, und wenn doch, so müsste es Bundesamt für Reptilien heißen.

Die Echse war aber bei Weitem nicht das einzige Problem. Auch die Eifersucht des Neufundländers wurde langsam lästig. Er hatte bereits mehrmals versucht, an Alexanders Nase zu kauen, während dieser schlief. Außerdem lief der Vogel mit dem Herzinfarkt Tag und Nacht im Zimmer

im Kreis, weil er unter Schlafstörungen litt. Die Schildkröten im Kühlschrank wollten auch nicht einschlafen, sondern waren putzmunter. Nach den Geräuschen zu urteilen spielten sie den Film »Gefangen im Eis« nach.

Irgendwann merkte Alexander, dass er sich veränderte. Er fürchtete schon, er würde selbst bald anfangen zu bellen, im Kühlschrank zu schlafen oder mit den Flügeln zu schlagen, wenn er noch länger an diesem Ort verweilte. Er zog aus. Paula bemerkte seine Abwesenheit zunächst nicht einmal.

Eine Weile traute sich Alexander nicht, noch einmal im Netz auf Bekanntschaftssuche zu gehen. Er wusste, irgendetwas machte er falsch. Nur was? Er träumte von einer Frau ohne Hobbys, aber die gab es anscheinend im Netz nicht. Ein Jahr später lernte er dann doch eine kennen. Alles an ihr schien perfekt: Sie listete weder Leidenschaften noch Hobbys auf, nur ein Satz machte ihn misstrauisch. Sie schrieb, in ihrer Freizeit treibe sie gerne Sport. Vor dem ersten Date hatte Alexander einen Albtraum. Er befand sich in einem großen Fitnesscenter ohne Türen und Fenster. Der Boden war mit Yoga-Matten ausgelegt, die Möbel bestanden aus Laufbändern und Multipressen. Schwere Gewichte lagen in den Ecken, und von der Decke hingen Seile wie Lianen im Urwald, an denen eine große Eidechse in grünem Trikot schaukelte und die Arie von Turandot schmetterte: »Mein Kopf steht nach anderen Dingen! Es pocht mein Herz in

ungewohntem Schlag! Mein Geist treibt sich, das Blut, es stockt und jagt!«

Am Morgen, als er schweißgebadet aufwachte, beschloss Alexander, für den Rest seines Lebens Single zu bleiben.

# Der Anwalt und die Diddl-Mäuse

In der Theorie des menschlichen Zusammenlebens wird angenommen, dass alles, was wir erleben oder uns erträumen, erzählt oder aufgeschrieben werden kann. Wenn die Menschen einander trotzdem nicht verstehen, dann sprechen sie entweder nicht dieselbe Sprache oder haben ihr Anliegen falsch formuliert. Sie können dann nach Hause gehen, die richtige Sprache lernen oder an neuen Formulierungen feilen, die ihnen beim nächsten Mal helfen, sich besser verständlich zu machen. Doch in der Realität versteckt sich die Wahrheit über uns und die Welt oft in etwas Unaussprechlichem, Unbeschreiblichem. In den leeren Augen des Betrachters zum Beispiel, selbst wenn der Betrachter eine riesige Diddl-Maus ist.

Mein Freund Felix arbeitete als Kameramann beim öffentlich-rechtlichen Fernsehen. Am liebsten drehte er Nachmittagsprogramme, deren Drehbücher dem Zuschauer gegenüber nachsichtig waren, manchmal vielleicht etwas zu anspruchslos, dafür aber freundlich und informativ. Die Menschen in diesen Sendungen bewegten sich langsamer

als in den Abendprogrammen, sie sprachen auch langsamer, und die Moderatoren neigten häufig den Kopf zur Seite, als würden sie mit liegenden Menschen reden. In der Tat waren diese Programme am besten im Liegen anzuschauen, als wären sie für jemanden gedreht, der infolge einer Geiselnahme oder Krankheit ans Bett gefesselt war oder vielleicht auch freiwillig nach einem langen anstrengenden Arbeitsleben beschlossen hatte, nicht mehr ohne triftigen Grund aufzustehen.

Früher hatte mein Kameramann beim Dschungelcamp gedreht, wo verzweifelte, gestresste Menschen Würmer und Käfer aßen, um berühmt zu werden. Sie waren sich für nichts zu schade und hätten sich wahrscheinlich auch gegenseitig aufgegessen, wenn die Regie sie dazu aufgefordert hätte. Dagegen waren die Nachmittagsprogramme in öffentlich-rechtlichen Sendern für meinen Freund wie Urlaub. Unter anderem drehte er die Sendung »Bares für Rares«, ein großer Erfolg des deutschen Fernsehens. In dieser Serie halfen sogenannte »Experten« allen und jedem, Keller und Wohnungen zu entrümpeln und mit den Sachen vielleicht sogar Geld zu verdienen.

Es kam immer wieder vor, dass Menschen etwas Wertvolles besaßen, von ihrem Schatz jedoch keine Ahnung hatten. Bei der einen Familie war es eine alte Briefmarkensammlung, die vom Großvater ererbt auf dem Dachboden verstaubte mit siebenundzwanzig Hitlermarken in allen Farben

des Regenbogens. Eine Rarität unter Sammlern! Die andere Familie hatte eine alte chinesische Vase aus Bronze im Schrank, die in China seit über siebenhundert Jahren gesucht wurde.

Einmal rief eine Frau in der Redaktion an und bat darum, man möge ihr bitte schön helfen, die Diddl-Mäuse ihres Mannes loszuwerden, sonst gehe die Familie zugrunde. Zuerst hielt die Redaktion den Anruf für einen Witz. Diddl-Mäuse wurden von kleinen Kindern geliebt, warum sollte ein erwachsener Mann sich für sie interessieren? Da es aber noch keine Alternative für die nächste Sendung gab, beschloss man, das Kamerateam zu den Diddl-Mäusen zu schicken, um die Situation vor Ort auszuchecken.

Die Diddl-Maus-Familie bewohnte in einem vornehmen Viertel ein zweistöckiges Einfamilienhaus, das vom Dach bis zum Keller voll mit Plüschtieren war. Die Sammlung hatte ganz klein, wenn auch mit einem großen Drama angefangen. Das Oberhaupt der Familie, ein gediegener Anwalt und Vater zweier Kinder, war schwer erkrankt und musste operiert werden. Der Computer des Arztes hatte den Zustand des Patienten geschätzt und die Chancen für den Erfolg des chirurgischen Angriffs mit 26 Prozent berechnet. Das war keine gute Nachricht. Der Anwalt hatte berechtigte Zweifel an den Möglichkeiten, seine Lebenstätigkeit weiter fortzusetzen.

Seine Frau besuchte ihn vor der Operation im Kranken-

haus, doch die Kinder hatten Angst davor. Sie schickten bloß eine lustige Diddl-Maus-Postkarte auf der stand: »Wir küssen Dich Papi, alles wird gut, das sagt auch die Maus, sie passt auf Dich auf. Wir lieben Dich über alles, und die Maus tut es auch.« Das waren die letzten Worte, die dem Mann im Bewusstsein blieben, bevor er in die Narkose versank.

Die Operation verlief erfolgreich und ohne Komplikationen, sogar die Ärzte wunderten sich über so viel Glück. Frau und Kinder freuten sich über die Genesung des Mannes. Er dankte der Familie für ihre Unterstützung, doch der Gedanke, die Diddl-Maus habe auf ihn aufgepasst, ging ihm nicht mehr aus dem Kopf. Er wollte sie als Amulett und bestellte eine goldene Maus, die er an einer Kette an der Brust trug. Überall in der Wohnung und in seinem Büro in der Kanzlei hängte er Bilder der Maus auf, auch als Briefkopf benutzte er nun das Diddl-Maus-Motiv. Immer wenn ihn eine Unruhe überkam, eine verzweifelte Stimmung, die Vorahnung einer Katastrophe, als werde ihm gerade etwas geklaut, wovon sein Leben abhing, lief er los und kaufte Mäuse. Am liebsten als Plüschtiere.

Die Ehefrau sprach mit einem Psychotherapeuten über das bemerkenswerte Verhalten ihres Mannes. Der Arzt nannte es ein »posttraumatisches Syndrom«, das sich mit der Zeit legen werde. Doch mit der Zeit wurde es nur noch schlimmer. Der Anwalt bestellte in einer Werkstatt eine

## Der Anwalt und die Diddl-Mäuse

Diddl-Maus in der Größe eines ausgewachsenen Mannes und weigerte sich, mit der Familie zu frühstücken, wenn das Riesentier nicht mit am Tisch saß. Er nahm die Maus mit ins Bett und ging mit ihr spazieren. Bei der Arbeit fiel er mit seinen Merkwürdigkeiten immer wieder auf, bis ihm schließlich gekündigt wurde. Statt sich einen neuen Job zu suchen, suchte der Mann neue Mäuse. Da platzte der Ehefrau der Kragen. Sie stellte ihrem Mann ein Ultimatum: entweder die Familie oder die Mäuse. Die ganze Sippe, die Frau, die Kinder, sein bester Berater und Freund kamen zusammen, sogar seine Schwester aus Hamburg reiste an, um mit ihm zu reden.

»Du bist krank«, sagten sie alle unisono zu dem Anwalt. »Es ist nicht normal, dass ein Erwachsener sein ganzes Vermögen für Diddl-Mäuse ausgibt und mit Puppen spielt, statt mit seinen eigenen Kindern spazieren zu gehen.«

Am Ende dieses langen Gesprächs sah der Anwalt ein, dass sein Verhalten nicht normal war. Er dachte die ganze Nacht über das Ultimatum nach und entschied sich für die Familie und gegen die Mäuse. Dann hatte seine Frau die brillante Idee, bei der Sendung »Bares für Rares« anzurufen und sie mit dem Auftrag zu beglücken, zweitausend Plüschtiere zu entsorgen. »Diese Leute kennen sich aus, die werden schon wissen, wohin mit dem ganzen Zeug«, meinte die Ehefrau.

Doch die Leute wussten es nicht. Sie riefen mehrere

Spielzeughändler an, ohne Erfolg. Sie telefonierten mit Kindergärten und Grundschulen, aber die Schulen hatten für Diddl-Mäuse kein Budget – an Bildung wird in Deutschland bekanntlich immer gespart. Ein Trödler auf dem Flohmarkt bot dem Anwalt hundert Euro für alle Mäuse an, das war das beste Angebot.

Da drehte der Anwalt durch. Er habe dreißigtausend Euro für die Mäuse ausgegeben! Er werde sie niemals für einen Hunderter weggeben. »Lieber sterbe ich!«, rief er, schnappte sich die mit Mäusen gefüllten Tüten und lief schreiend und weinend aus dem Haus. Die Familie hinterher.

»Ich ziehe mein Angebot zurück«, sagte der türkische Händler. »Mit Verrückten mache ich keine Geschäfte, damit habe ich schlechte Erfahrungen gemacht. Außerdem ist der Krempel höchstens siebzig Euro wert, niemals hundert«, meinte er und ging.

»Warten Sie!« Die Fernsehredakteurin lief dem Händler nach.

Mein Freund, der Kameramann, war auf einmal allein in einem still gewordenen Haus, umgeben von Plüschtieren. Die riesige Diddl-Maus saß am Frühstückstisch und schaute dem Kameramann mit ihren Glasaugen frech ins Gesicht. Sie lächelte dabei so gemein, als würde sie uns alle, die gesamte Menschheit, auslachen. Als kenne sie die Wahrheit über unsere Hoffnungen, Ängste und Träume. Als wisse sie genau, wie unbeschreiblich schön und grausam das

48

Leben war. Doch diese Weisheit blieb in den Augen der Maus verborgen.

Mein Freund zuckte die Achseln und folgte seiner Redakteurin nach draußen. Das war alles nicht rar genug für Bares. Wenn es wenigstens Käthe-Kruse-Puppen gewesen wären.

# Adam und Eva

Mein Großvater hatte als junger Mann Schwierigkeiten, meine Großmutter kennenzulernen. Obwohl sie in derselben Fabrik und derselben Brigade arbeiteten und sogar ihre Freizeit im selben Sportsaal verbrachten, der zur Fabrik gehörte. Mein Großvater war ein leidenschaftlicher Volleyballspieler, meine Großmutter versuchte sich als Gymnastin. Beide waren aus der Ukraine nach Moskau gekommen und trugen für Moskauer Verhältnisse ungewöhnliche, polnisch klingende Namen. Die Großmutter hieß Eva, und mein Großvater hatte sich zwar einen revolutionären Namen verpasst – er nannte sich Kim, was eine Abkürzung für die Kommunistische Internationale der Jugend war –, ursprünglich hatten ihn seine Eltern jedoch Adam genannt. Auch wenn er selbst den Namen zu spießig fand, kannten ihn doch alle Genossen in der Brigade und lachten sich schlapp, wenn er Eva nur anzusprechen wagte.

»Mach hier keine religiöse Propaganda, Kim!«, lächelten die einen. »Du weißt, das ist nicht gut ausgegangen mit Adam und Eva im Paradies«, spotteten die anderen.

Auch ohne deren Spott fühlte sich mein Großvater in der Gesellschaft der Großmutter überfordert und musste große Anstrengungen unternehmen, um nicht vor ihren Augen rot zu werden.

Das erste Mal kamen sie bei einer Demo zum Ersten Mai ins Gespräch. Die Fabrik stellte einen Teil der Kolonne der Moskauer Arbeiter, und die Brigade hatte ein großes Transparent mit der Aufschrift »Es leben die Ideen des Leninismus« und mehrere Porträts von Kollegen zu tragen, die damit als »Unsere Besten« geehrt werden sollten. Dazu gehörten nicht wenige, auch mein Großvater war ein Bester. Die Kolonnen marschierten nacheinander Richtung Roter Platz, und in dem allgemeinen Durcheinander bekam mein Großvater sein eigenes Porträt zu tragen. Es kam ihm unsäglich dämlich vor, die eigene Visage auf einem Holzstab durch die halbe Stadt zu schleppen. Viel lieber hätte er das Bild eines anderen oder, noch besser, das Transparent mit den Ideen des Leninismus genommen. Doch die waren bereits alle vergeben, und niemand wollte mit ihm tauschen. In seiner Verzweiflung wandte er sich an Eva, ob sie ihn, sprich sein Bild, nicht tragen wolle. Sie sagte nein, auf gar keinen Fall. Es sei denn, er würde sie tragen. Als kleines Mädchen, eingezwängt in der Mitte der Marschkolonne, litt Eva darunter, so gut wie nichts von der feierlichen Stimmung und der Parade mitzubekommen. Mein Großvater sagte, er würde sie auf seine Schultern nehmen, wenn sie dafür das Porträt trage.

Und so geschah es dann auch. Wie eine Pyramide marschierten sie durch die festlich geschmückte Stadt. Unten mein Großvater Kim mit der Großmutter auf den Schultern, die ihrerseits ein großes Porträt des Großvaters auf ihren Schultern trug. Sie haben einander auf diese Weise einen halben Tag lang herumgetragen, aber zu einem richtigen Gespräch oder gar einer Freundschaft reichte es nicht.

Erst bei einer späteren Gelegenheit kamen sie einander in der Sporthalle näher: Mit einer sportlichen Anmache erheischte Kim die Aufmerksamkeit meiner Großmutter. Beide gehörten dem »Spartakus«-Verein an und trainierten zur gleichen Zeit: In der einen Ecke das Turnteam der Großmutter, die am Schwebebalken übte, in der anderen Ecke spielte der Großvater Volleyball. Dabei traf er einmal mitten im Spiel die Großmutter auf die Brust – und putzte sie damit vom Balken. Es war ein gut ausgeführter Wurf, meine Großmutter verlor sogar für ein paar Sekunden ihr Bewusstsein. Als sie wieder aufwachte, fand sie sich in den Armen des Großvaters wieder und wurde gleich noch einmal ohnmächtig. Sie hatte einen Schwächeanfall.

Mein Großvater kümmerte sich liebevoll um sie und begleitete sie nach Hause, wobei er die Großmutter den halben Weg auf seinen Schultern trug wie beim ersten Mal am 1. Mai. Da noch immer die Gefahr bestand, dass Eva ohnmächtig wurde, blieb er für eine Weile bei ihr zu Hause, um in ihrer Nähe zu sein, falls sie Hilfe bräuchte. Auch

später, als es ihr besser ging, blieb er. Wenig später heirateten die beiden, und meine Großmutter brachte nacheinander zwei Töchter zur Welt. Zuerst meine Mutter, dann deren Schwester.

Erstaunlicherweise stellten die beiden ihre sportlichen Tätigkeiten nach der Hochzeit ein. Vor allem verbot Großmutter dem Großvater, Volleyball zu spielen. Wahrscheinlich hatte sie Angst, er könnte dabei ein anderes Mädchen vom Schwebebalken putzen. Sie hielt das Spiel für eine gefährliche Anmache und hatte auf ihre Weise recht. Von allen sportlichen Aktivitäten duldete die Großmutter nur Schach. Das sollte der Großvater am besten im Hinterhof des Hauses spielen, damit die Großmutter ihn immer in Sichtweite hatte. Nicht einmal auf eine Dienstreise wollte sie ihn lassen.

Nur einmal musste sie den Großvater ziehen lassen – in den Krieg. Obwohl ihre Fabrik Waffentechnik produzierte und die Arbeiter für diese wichtige Produktion eigentlich freigestellt waren. Doch viele Freunde des Großvaters waren in den Krieg gezogen. »Ich kann nicht im Hinterland bleiben, wenn mein Land für mich kämpft!«, meinte er, zog in die Schlacht und kam nicht zurück.

# Schwarze Katze

»Sie sieht aus wie diese rothaarige Eisdielenmörderin«, sagten die anderen Eltern über Rosi. »Diese Mischung aus Feuer und Eis.« Dabei war Rosalia überhaupt keine Kriminelle, sondern ein sehr lustiges Wiener Kind. Sie gab oft Sprüche von sich, die man selbst von erwachsenen Philosophen selten hört und schon gar nicht von einem zehnjährigen Mädchen. Als einmal mehrere schwarz vermummte Wesen durch Wiener Einkaufsstraßen liefen, sagte Rosalia zu einer Frau in Burka: »Bist du ein liebes Gespenst?« Die Dame unter der Burka lachte daraufhin gespenstisch auf. Eine Frau im Pelzmantel wurde von Rosalia gefragt: »Gehst du als Hund?«

Aber zurück zu der Sache mit der Eisdielenmörderin. Die Lieblingseisdiele von Rosalia, die auf ihrem Schulweg lag, sorgte einmal für Schlagzeilen, weil die hübsche Eisverkäuferin mit den blauen Augen und den langen roten Haaren an ihrem Arbeitsplatz zwei Männer umgebracht und eingefroren hatte. Zuerst brachte sie nur einen um, ihren eigenen Ehemann – aus Eifersucht, weil er sie betrogen hatte. Der

Mann war sehr groß und schwer. Sie wusste nicht, wohin mit ihm, und fror ihn bis auf Weiteres im Keller der Eisdiele in einer Truhe ein. Weil sie dafür in der Truhe Platz brauchte, machte sie eine Rabattaktion für Erdbeereis: fünf Kugeln für einen Euro, also fast umsonst. Das Erdbeereis schmeckte von allen Sorten am besten, und die ganze Schule stand damals nach dem Unterricht Schlange, um für den toten Mann Platz zu machen – natürlich ohne es zu wissen. Wenig später lernte die schöne Verkäuferin einen anderen Kerl kennen, einen Iraner, den sie bald ebenfalls der Untreue verdächtigte. Also landete auch der Iraner im Erdbeerfach.

Die Wiener Zeitungen verfolgten den Prozess mit großer Aufmerksamkeit. Man sprach vom »kalten Blick der Eisdielenmörderin« und der »Eisdiele des Grauens«. Dabei hatte die Frau stets einen warmen, herzlichen Eindruck gemacht. Alle Kinder hatten sie und ihr Eis geliebt.

Rosalia meinte, das sei keine Eisdiele des Grauens, sondern eine des Leidens. »Das Leben schmeckt wie Erdbeereis«, philosophierte das Mädchen: »Es ist billig zu haben, schnell aufgebraucht und hat fast immer einen komischen Beigeschmack.«

Was für ein kluges Kindlein, wunderten sich die Eltern. Die Mutter von Rosalia war auch so klug und als Hebamme in einem Geburtshaus tätig. Dabei hätte sie locker als Mörderin durchgehen können: eine große Frau mit viel Haar,

das sie sich in komplizierten geometrischen Figuren um den Kopf wickelte, mal zu einer Pyramide, mal zu einer Halbkugel oder einem runden Häufchen gedreht, einem Läusehäuschen, wie Russen diese Frisur nennen. Sie trug lange Gewänder und sprach mit tiefer durchdringender Stimme. Ihr Hauptthema waren Gebärmütter. Sie hielt sich für jemanden, der Ungeborenen das Tor zur Welt öffnete. Die Hebamme war der Meinung, der erste Schritt ins Leben, der erste Atemzug eines Menschen würde sein weiteres Schicksal maßgeblich bestimmen. Und am Verhalten der Gebärenden meinte die Hebamme alles über deren Berufe und Charakter ablesen zu können.

»Das Wichtigste ist, sich entspannen zu können«, erzählte sie. »Die meisten Frauen können sich nicht entspannen. Es ist ein Teufelskreis«, behauptete die Hebamme. Ob die werdenden Mütter ins Kissen bissen, ob sie heulten oder schwiegen, ihr Verhalten werde sich auf die Kinder übertragen und auch diese gingen dann verspannt durchs Leben. Die Hebamme massierte den Frauen Rücken und Schultern und hatte angeblich mit ihrer kräftigen Massage mehreren verkrampften Wienerinnen zu einer leichten Geburt und einem glücklichen Kind verholfen.

Mein Freund Johannes hasste diese Frau samt ihren Gebärmuttergeschichten, ihrem lauten Auftreten und ihren Pseudoweisheiten, die keine Widerrede duldeten und keine Zweifel zuließen. Er konnte ihr aber nicht entkommen, da

seine Tochter Lina mit der Hebammentochter Rosalia, der
äußerlichen Nachfolgerin der Eisdielenmörderin, befreundet war.

Jedes Mal, wenn die Mutter von Rosalia im Geburtshaus Dienst hatte, brachte sie ihre Tochter zu Johannes und
holte sie nach der Arbeit wieder ab, manchmal spät in der
Nacht. Dabei fühlte sie sich anscheinend bei Johannes wie
zu Hause, setzte sich in die Küche und erzählte von einer
frischen Geburt. Außerdem hatte die Hebamme noch die
fixe Idee, Johannes unbedingt massieren zu wollen. Immer
wenn sie kam, behauptete sie, er sei völlig verspannt, das
würde sie an seiner ganzen Körperhaltung erkennen. Deswegen sei er auch bei der Arbeit und zu Hause immer so ge-
stresst und könne sich nirgends entspannen.

Johannes lehnte die Massage freundlich ab und sagte, er
sei gerne verkrampft, das sei seine natürliche Körperhaltung.
Aber die Frau ließ nicht locker. Er fühlte sich in ihrer Anwesenheit stets scheinschwanger. Immer öfter lief sie ihm
über den Weg: auf der Straße, bei ihm zu Hause und auf
der Elternversammlung in der Schule. Beim Elternabend
setzte sich Johannes extra in die erste Reihe und verkroch
sich in der Pause hinter dem Kaffeeautomaten in der Schul-
kantine. Doch egal wie gut er sich versteckte, die Hebamme
fand ihn und wollte ihm auf der Stelle die Schultern massieren. Johannes reagierte mit einem unbestimmten »später
vielleicht«, weil es in Österreich zum guten Ton gehörte, Ja

zu sagen und Nein zu meinen. Also erklärte er, er müsse nur kurz den Kaffee wegkippen, der sei nämlich aus dem Automaten und schmecke scheußlich. Dann verzog er sich auf die Männertoilette im Erdgeschoss. Das Fenster stand offen, und Johannes kletterte über das Fensterbrett nach draußen, wo er die Deutschlehrerin seiner Tochter, die gerade ihr Fahrrad unter dem Toilettenfenster aufschloss, fast zu Tode erschreckte.

Zu Hause erzählte Johannes seiner Frau von den Attacken der Hebamme. Seine Frau hätte sich gerne von Rosalias Mutter massieren lassen, doch die Hebamme schien nur an Johannes' Schultern Interesse zu haben. Er verteidigte diese mit letzter Kraft, und es gelang ihm, der Hebamme den Sommer über aus dem Weg zu gehen. Wenn er wusste, dass ihre Tochter, das kluge Kind Rosalia, bei ihnen nächtigte, blieb er einfach länger in der Arbeit.

Anfang September wurden alle Eltern mit ihren Kindern zu einer Grillparty auf dem Schulhof eingeladen. Anlass war der Beginn des neuen Schuljahres. Die Kinder sollten zu Hause Kuchen backen für einen Backwettbewerb, außerdem gab es schlechten Kaffee und langweilige Musik – das übliche Programm. Gegen Abend wurde es ungewöhnlich schnell dunkel, und es begann in Strömen zu regnen. Es blitzte und donnerte, als wäre die Natur auf die langweilige Grillparty zornig geworden. Ein paar Unentschlossene rannten ins Schulgebäude, die Mutigen gleich zu

ihren Autos. Auch Johannes beschloss, nach Hause zu fahren. Allerdings war es lebensgefährlich auf der nassen Straße mit vier Frauen im Auto, die nicht ruhig sitzen wollten: zwei schlecht gelaunte Töchter und zwei wütende Mütter. Seine Tochter Lina fummelte am Autoradio, doch sosehr sich das Radio bemühte, keine Musik konnte den Erwartungen des Kindes entsprechen. Linas Freundin Rosalia fand ebenfalls alle Radiosender und Songs scheiße außer »Hotel California«. Das wollte sie unbedingt hören.

Die Mädchen stritten sich, seine Frau spielte mit dem Navigationsgerät, und die Hebamme wollte Johannes den Nacken massieren. Draußen donnerte es so heftig, als wäre der Dritte Weltkrieg ausgebrochen. Die Fahrbahn war schlecht beleuchtet und kurvig, links und rechts standen Bäume direkt am Straßenrand. Auf einmal sprang ein kleines Tier unter die Räder. Wie ein dunkler Schatten warf es sich vom Baum, knallte gegen das Auto und prallte davon ab. Johannes bremste hart, die Frauen schrien. Alle stiegen im Regen aus und schauten sich nach dem Tier um, nur die Hebamme blieb im Auto sitzen, sichtlich genervt, dass ihr wieder keine Massage geglückt war.

Eine schwarze Katze lag auf dem nassen Asphalt und zuckte. Man sagt, Katzen hätten sieben Leben, aber man sehe sie ihnen oft nicht an. Bei dieser Katze war es unklar, in welchem Leben sie sich gerade befand. War es ihr sechstes oder doch schon ihr siebtes? Das Tier litt Qualen. Alle

waren unsicher, was mit ihm geschehen sollte. Sollte es ins Krankenhaus gebracht oder unter dem Baum liegen gelassen werden? Auf jeden Fall musste die Katze von der Straße weg, damit sie nicht von weiteren Autos überfahren wurde.

Alle standen hilflos im Regen und schauten das arme Tier an. Da platzte die Hebamme in die allgemeine Ratlosigkeit. »Die Katze braucht eine Massage«, verkündete sie, legte ihre Hände auf das Fell und strich dem Tier über Kopf und Brust. Die Katze hörte auf zu zucken, schaute die Hebamme dankbar an, verdrehte die Augen und gab ihren Geist auf. Die Hebamme hatte anscheinend nicht nur für das Diesseits, sondern auch für das Jenseits einen Schlüssel. Sie hatte die Katze in den Tod massiert.

Johannes legte das Tier unter dem Baum ab. Den Rest des Weges herrschte Schweigen im Auto. Vor allem die Hebamme wirkte ruhiger als sonst. Nach diesem Vorfall bot sie Johannes kein einziges Mal mehr eine Massage an.

# Rückkehr nach Ägypten

Ein menschliches Leben ist sicher länger als die kurze Strecke zwischen Geburt und Tod. Es fängt lange vor der Geburt an und endet nicht mit dem Tod. Es geht mit Kindern, Enkelkindern und Urenkeln weiter, die alle Kühlschränke, Fernseher, Träume und Hoffnungen ihrer Vorfahren erben. Nicht umsonst besteht beinahe die Hälfte des Alten Testaments aus Genealogien: Wer mit wem wen gezeugt hat, wie lange er oder sie gelebt hat und in welchem Alter sie gestorben sind. Es liest sich wie das Tagebuch eines Geburtshauses. Erst nach der zehnten Generation wird es langsam spannend, und die Abenteuer fangen an.

Laut diesem Buch begannen die richtigen Abenteuer erst, als mein Volk vor dreitausend Jahren aus Ägypten auswanderte auf der Suche nach Gottes Gelobtem Land, wo es frei und unabhängig leben konnte. Der ägyptische Pharao war von dieser Entscheidung maßlos enttäuscht.

»Ihr seid ein verrücktes Völkchen! Das Land, das ihr sucht, gibt es nirgends«, warnte er. »Ihr bekommt eins auf die Fresse und kommt freiwillig zurück!«

Das Volk glaubte dem Pharao nicht. Die Menschen zick-zackten vierzig Jahre lang durch die Wüste, versuchten es hier und dort. Aber egal, wo sie anklopften, es waren immer schon irgendwelche Leute vor ihnen da gewesen und hatten den Ort besetzt. Wo auch immer sie ankamen, wurden sie ausgeraubt, versklavt oder gar umgebracht. Damals gab es keine Navigationsgeräte, keine Karten, man bewegte sich nach Gefühl. Viele nahmen Abkürzungen und wurden später in Spanien und Portugal gesichtet. Manche ließen sich in Österreich nieder, andere versuchten ihr Glück in Deutschland, einige sogar im Osmanischen Reich. Wieder andere weilten eine Zeit lang in Polen und landeten schließlich – wie meine Vorfahren – in Odessa am Schwarzen Meer. In einer Stadt voller Kastanienbäume und kleiner verwilderten Gärten mit Bänken, auf denen man ein Leben lang sitzen konnte, ohne dass einen jemand sah. Von dort wanderten ihre Nachkommen, als die siebzigjährige sozialistische Diktatur zu Ende ging, wieder nach Deutschland aus, einige nach Amerika, andere nach Australien und Israel. Die Reise geht weiter. Die Suche nach Gottes Gelobtem Land ist nie zu Ende, aber im Großen und Ganzen geht die Tendenz zurück Richtung Ägypten. Der Pharao freut sich.

Alle Versuche, die Reiseroute meiner Vorfahren zu rekonstruieren, scheiterten. Schon meine Eltern kannten die Namen ihrer Großeltern nicht oder hatten sie vielleicht in

der Kindheit gehört, aber im Laufe ihres turbulenten Lebens wieder vergessen. Das vorige Jahrhundert war sehr ereignisreich, und die Leute vergaßen schnell. Sicher hatten die ersten Menschen einen besseren Kontakt zu ihren Großeltern. Damals war aber auch viel weniger los gewesen. Bis vor Kurzem hatte ich in Odessa noch drei Tanten, die Enkelinnen der Schwester meiner Oma. Eine nach der anderen haben sie exotische Ausländer geheiratet und sind in ferne Länder ausgewandert: Lydia nach Norwegen, Raisa nach China.

Die letzte der drei, Nina, arbeitete in einem Friseursalon. Vor einigen Jahren buchte sie einen Pauschalurlaub in Hurghada. Dort lernte sie am Strand einen echten Ägypter kennen und hatte eine Affäre mit ihm, obwohl er kein Wort Russisch sprach und sie nicht einmal Englisch konnte. Sie haben sich trotzdem prima verstanden. Der Ägypter erzählte ihr, er sei Arzt, tat sehr verliebt und versprach, nach Odessa zu kommen. Nina glaubte nicht, dass ihr Ägypter es ernst meinte. Sie hatte schon viele Geschichten über Ägypter gehört, dass sie leichtsinnige Menschen seien und Frauen gleich bei der ersten Begegnung alle Sterne vom Himmel versprachen. Sie hatte auch nicht vor zu heiraten und war daher auch gar nicht auf der Suche nach einem Mann. In Odessa hatte Nina außerdem seit Langem eine lose Beziehung mit ihrem Kollegen Pawel, der im Salon für Männerfrisuren zuständig war.

Im Herbst, als überall in der Stadt die Kastanien von den Bäumen fielen, kam der Ägypter. Am ersten Tag gingen sie spazieren, wobei ihm eine Kastanie auf den Kopf fiel. Am zweiten Tag machte er Nina einen Heiratsantrag. Nina überlegte. Der Mann gefiel ihr zwar nicht richtig gut, andererseits kannte sie ihn ja kaum. Vielleicht würde er ihr in Ägypten besser gefallen, dachte Nina und sagte Ja. Der Ägypter drängte. Bei der Hochzeit war die halbe Stadt anwesend, denn irgendwie sind in Odessa alle mehr oder weniger miteinander verwandt oder befreundet. Von der Familie des Bräutigams kam keiner. Anscheinend war der Flug aus Ägypten für die Verwandtschaft zu teuer.

Die Frischverheirateten wollten schon bald nach der Hochzeit nach Hurghada fliegen. Am letzten Tag vor der Abreise gingen sie in den Friseursalon, in dem Nina gearbeitet hatte, um sich von den Kollegen zu verabschieden. Der Ägypter wollte zur Erinnerung an die Reise einen ortstypischen Haarschnitt mit kurzem Pony vorne und umgedrehtem Topf hinten. Er kam in Pawels Hände. Nina saß daneben und las eine Zeitschrift.

»Und? Bist du als verheiratete Frau jetzt glücklicher?«, fragte Pawel. Nina nickte. »Ich habe gelesen«, fuhr Pawel fort, »dass Ägypter unglaubliche Egoisten sind, sie denken nur an sich. Die Männer sind leichtsinnig und verspielt. Sie schicken ihre Frauen arbeiten und sitzen selbst zu Hause vor der Glotze.«

Nina wusste nichts zu antworten, sie hatte noch keine Erfahrung mit dem ägyptischen Leben.

»Bist du versichert?« Pawel ließ ihr keine Ruhe. »Soll ich ihn umbringen?« Er nahm eine scharfe Klinge von seinem Friseurtisch und klappte sie auf. Der Ägypter lächelte freundlich. Er hatte kein Wort verstanden. Nina legte die Zeitschrift zur Seite und wurde nachdenklich.

»Mir würde das nichts ausmachen, ich bin nämlich tatsächlich gut versichert. Es wird wie ein Arbeitsunfall aussehen«, meinte Pawel. »Meinen Job hier wäre ich natürlich los, das ist klar. Aber das macht nichts. Du bist dann eine reiche Witwe und kannst für uns beide sorgen. Lass es uns noch einmal versuchen, Nina! Alles wird wie früher. Wir werden ein schönes Leben haben. *A Beautiful Life*, nicht wahr?«, sagte Pawel laut zum Ägypter.

Der Ehemann grunzte laut und nickte zufrieden. Nina schaute Pawel in die Augen. Sie war sich nicht sicher, ob er es ernst meinte oder nur herumblödelte.

»Nein«, sagte sie entschlossen. »Ich möchte von hier weg. Ich habe genug von dieser Stadt, von diesen Gärten, wo du ein Leben lang sitzen kannst, ohne dass dich jemand sieht. Von den Fliegen, vom Friseursalon, von dir und von dem ganzen Rest! Lass mich in Ruhe mit deinem dummen Geschwätz.«

Am nächsten Tag flog sie mit ihrem Ägypter nach Hurghada. Ab da lebte sie ein anderes, kein leichteres, aber ein

eigenes Leben. Mit ihrem Mann hatte sie oft Streit. Jedes Mal, wenn er ihre Einkäufe kontrollieren wollte, sich über ihr Englisch lustig machte oder mit seinen Freunden abendelang vor der Glotze saß, erinnerte sie sich an das letzte Gespräch mit Pawel. Dann sagte sie zu ihrem Mann: »Wenn du so weitermachst, müssen wir noch mal zum Friseur nach Odessa fliegen.«

Ihr Mann versteht den Witz aber nicht.

# Liebe auf Französisch

Viele sind davon überzeugt, dass Menschen in allem, was sie tun, ausschließlich vom Sexualtrieb gelenkt werden. Manche Gläubige sagen, Adam sei nur deswegen mit seiner Eva aus dem Paradies verstoßen worden, weil er Eva ständig sexuell belästigt und Gott vom Schöpfen abgelenkt habe. Atheisten behaupten, der Affe habe nur deshalb irgendwann gelernt, auf zwei Beinen zu stehen, damit er sein Weibchen beim Vögeln fester halten konnte. Affen brauchten keine Werkzeuge, um menschlicher zu werden, sie brauchten Sex im Stehen.

Später entwickelte sich unsere Geschichte nach dem gleichen Muster. Aus Mangel an gutem Sex haben die Menschen die Welt bereist, neue unbekannte Länder entdeckt, Kriege geführt und sind zum Mond geflogen. Der unkontrollierte Sexualtrieb kann einen Menschen, aber auch ein ganzes Land, sehr weit bringen. Deswegen ist jeder Staat auf Erden stets bemüht, das sexuelle Leben seiner Bürger zu reglementieren und ihnen nicht nur in die Taschen, sondern auch in die Hosen zu schauen. Bei vielen Gesetzen,

selbst wenn es nicht vordergründig im Text steht, geht es um Sex.

Während in Russland vor einiger Zeit ein Gesetz verabschiedet wurde, das Propaganda für Homosexualität verbietet, wurde vor Kurzem in Deutschland auf Initiative der Landwirtschaftsministerin Sex mit Tieren unter Strafe gestellt. Die russischen Gerichte haben viel zu tun, um Propaganda für Homosexualität im Alltag zu erkennen. Die Russen küssen sich beispielsweise gerne auf die Lippen, besonders wenn sie etwas getrunken haben. Die früheren Generalsekretäre küssten aber auch nüchtern jeden Genossen, der ihnen vor den Mund lief. Veteranen des Afghanistankrieges knutschen sich obligatorisch bei ihren jährlichen Besäufnissen in der Öffentlichkeit ab, und strenggläubige orthodoxe Christen schmatzen nicht nur zu Ostern miteinander. Es ist keinem Gericht möglich, genau festzustellen, wo Freundschaft aufhört und Propaganda für Homosexualität anfängt.

Die Deutschen fixieren sich währenddessen auf Sex mit Tieren, als wäre ansonsten in ihrem Umgang mit ihnen alles in bester Ordnung. Man kann Tiere essen, räuchern, zu Wurst verarbeiten, ihnen Ohren und Schwänze abschneiden, sie quälen und foltern, das ist alles aus der Sicht des Gesetzgebers überhaupt kein Problem. Aber Sex mit ihnen, das geht entschieden zu weit. Dabei hatten die Deutschen schon immer eine innige Beziehung zu Tieren. Es gibt hier

viel mehr Frauen, die einen Hund zu Hause haben, als solche, die einen Mann besitzen. Auf der anderen Seite kenne ich eine Menge Männer, die ihre besten Stunden vor einem Aquarium verbringen, mit Wesen, die ihren Mund aufmachen, ohne jemanden vollzuquatschen. Wenn ein Hund seine Besitzerin leckt, wenn ein Mann seine Fische füttert, ist das noch Zuneigung oder schon Sex? Zum Glück für die deutschen Gerichte dürfen Tiere nicht klagen. Andererseits, was wäre das für ein Staat ganz ohne Moralkeule?

Die Gelüste, die nicht primär der Vermehrung von Soldaten und Steuerzahlern dienten, wurden sogar in dem für seine Freizügigkeit bekannten alten Rom unterdrückt. Die Senatoren wollten Frauen unbedingt verbieten, mehrere Sexpartner zu haben, und veranlassten, dass solche Frauen sich als Prostituierte registrieren lassen mussten. Um die Macht der Senatoren zu brechen und ihre Freiheiten zu behalten, meldete sich der ganze weibliche Teil des römischen Adels, einschließlich der Senatoren-Ehefrauen, als Prostituierte an. Im alten China erlaubte der Staat zwar Sex mit mehreren Partnern in verschiedenen Stellungen, verbat aber den Männern, dabei zu kommen. Dies wurde als Verschwendung von Lebensenergie gebrandmarkt. Einen ähnlichen Kampf führte nach der Revolution die sowjetische Medizin gegen die Bürger: Sie sollten ihre Triebe nicht im Bett verschwenden, sondern auf der Baustelle des Kommunismus sinnvoll einsetzen. Aus dem gleichen Grund galt Onanie im Westen

lange Zeit als gefährliche Körperverletzung. Der vom Staat bevorzugte Liebesakt sollte schnell über die Bühne gehen, damit die Bürger dabei nicht zu viel Zeit und Kraft verloren und womöglich noch zu spät zur Arbeit kamen. Außerdem musste er zur Entstehung möglichst vieler neuer Menschen beitragen. Alle anderen Formen der sexuellen Unterhaltung wurden hämisch als Leichtsinn und Spaß abgetan.

Dabei kenne ich selbst einige Menschen, die nur durch Spaß am Sex überhaupt überlebt haben. Sie sind ein lebender Beweis dafür, worauf es im Leben wirklich ankommt. Im Altersheim gegenüber von meinem Haus ist vor ein paar Jahren eine sehr alte Dame gestorben. Ich glaube, sie wurde mindestens hundert Jahre alt. Als sie noch lebte, wurde sie jeden Nachmittag im Rollstuhl nach draußen gefahren – meist von einem Pfleger mit langem Haar. Ganz egal, wie kalt es draußen war, sie freute sich über jedes Wetter. Wie ihr richtiger Name war, weiß ich nicht, aber alle nannten sie »Kätzchen«. Wir haben uns kennengelernt, weil sie mich einmal mit ihren Russisch-Kenntnissen überraschte. Sie erzählte mir, dass sie eigentlich Russin sei, obwohl sie das Land schon vor vielen Jahren verlassen habe. Als junges scheues Mädchen war sie von ihren Eltern, zwei Vorzeige-kommunisten, zum Studium nach Paris geschickt worden. Sie lernte dort mehr oder weniger fleißig – unter anderem die sogenannte Liebe auf Französisch. In diesem Fach war sie außerordentlich gut. Das hat sie sicher nicht an der Sor-

bonne, sondern autodidaktisch auf irgendwelchen Partys gelernt und wahrscheinlich dort auch den Spitznamen Kätzchen bekommen. Sie musste Frankreich vorzeitig verlassen,
denn ihre Eltern gerieten in Schwierigkeiten. Im Rahmen
einer innerparteilichen Säuberung wurden sie als Staats-
feinde denunziert und verurteilt.

Als Tochter von Staatsfeinden wurde das Kätzchen ebenfalls verhaftet und verhört. Der Major der Spionageabwehr
war schnell davon überzeugt, dass es sich bei ihr um eine
französische Spionin handelte. Er fragte hämisch, was genau
sie in Frankreich denn gelernt habe. Viele hilfreiche Dinge,
die auch beim Aufbau der neuen Gesellschaft unabdingbar
seien, parierte das Kätzchen. Die Franzosen hätten ihre Revolution viel früher als die Russen gehabt, und auch wenn
sie politisch, ideologisch gescheitert sei – die Liebe habe sie
doch entschieden revolutioniert. »Wie meinen Sie das?«,
fragte der Major der Spionageabwehr. Kätzchen schüttelte
den Kopf, kletterte unter den Tisch und zeigte dem Major, was sie meinte. Der Major sah fast sofort ein, dass diese
Kenntnisse tatsächlich von großer Wichtigkeit für den Aufbau des Kommunismus sein konnten und unbedingt vertieft
werden mussten.

Das Kätzchen wurde nicht hingerichtet. Stattdessen zogen sich ihre Verhöre in die Länge und fanden hauptsächlich bei ihr oder beim Major der Spionageabwehr zu Hause
statt. Es wurde in ihrer Angelegenheit überhaupt kein Urteil

gefällt. Stattdessen kam es zu einer Säuberung der Spionageabwehr, bei welcher der Major vor ein Tribunal gestellt und erschossen wurde. Anschließend nahm man seine Arbeit noch einmal unter die Lupe.

»Ich habe so etwas wie Ihre Verhörprotokolle noch nie gesehen«, meinte der Untersuchungsrichter zum Kätzchen. »Sie sind die einzige französische Spionin – noch dazu eine, die von Staatsfeinden abstammt –, die überlebt hat. Was haben Sie diesem Major denn Wichtiges erzählt, dass er Sie zweieinhalb Jahre lang verhörte?«

»Ich habe ihm einiges gezeigt. Zum Beispiel die Liebe auf Französisch«, erklärte das Kätzchen.

»Das glaube ich Ihnen nicht«, sagte der Untersuchungsrichter, »dass jemand in seiner Position wegen so einem Leichtsinn sein Leben und die Sicherheit seines Landes aufs Spiel setzt.«

Das Kätzchen kletterte schweigend unter den Tisch und versuchte, auf seine Art zu argumentieren. Der Untersuchungsrichter befreite sie danach vollständig von allen Anschuldigungen und besorgte ihr eine Arbeitsstelle als Französischlehrerin in einer ukrainischen Kleinstadt mit mildem Klima, aus welcher der Richter selbst stammte. Seine Eltern lebten noch immer dort, und er besuchte sie regelmäßig. Allerdings waren die Kinder in der Schule des Ortes verstockt, sie wollten kein Französisch lernen. Als der Krieg begann, geriet die sowjetische Armee anfangs in die

Defensive, mit der Folge, dass das ukrainische Städtchen von den Deutschen erobert wurde. Alle Frauen im Alter zwischen achtzehn und vierzig Jahren sollten nach Deutschland zur Zwangsarbeit abtransportiert werden. Kätzchens größter Traum war es, irgendwann einmal nach Paris, an den Ort ihres Studiums, zurückzukehren. Deswegen ließ sie sich nach Deutschland verschleppen und wurde einem deutschen Luftwaffenoffizier in Berlin-Pankow als Haushaltshilfe zugeteilt, sehr zum Missfallen von dessen Frau. Man muss nicht extra erwähnen, dass Kätzchens Aufgaben sich sehr schnell auf Französischlektionen beschränkten, während die Offiziersfrau weiter den Fußboden schrubbte und den Abwasch erledigte.

Sowohl in Kriegs- wie in Friedenszeiten spielt Bildung eine nicht zu unterschätzende Rolle. Einmal überredete das Kätzchen den Deutschen sogar, mit ihr nach Paris zu fahren. Ganz Europa stand bis zum Hals in einer riesigen Blutlache, die Russen hatten die Deutschen bereits an allen Fronten zurückgedrängt, da fuhr das Kätzchen mit ihrem Flieger nach Paris, um ihre Jugenderinnerungen aufzufrischen. Doch das Erinnern funktionierte nicht wirklich. Zu viel Zeit war verflossen, zu stark hatte sich die Stadt verändert. Und das Kätzchen hatte sich ebenfalls verändert. Alle ihre Bekannten von damals waren tot, vom Krieg in alle Winde zerstreut, zu Staub geworden. Nichts aus ihrem früheren Leben existierte mehr, nur die französische Liebe blieb.

# *Liebe auf Französisch*

Als Berlin von den Russen eingenommen wurde, sollten alle Frauen, die als Arbeitssklavinnen in Deutschland schufteten, zurück in die Heimat verbracht und in Lager geschickt werden. Das Kätzchen hatte ein langes Gespräch Aug in Aug mit einem sowjetischen Major und später ein noch längeres mit dem berühmten General Nikolai Bersarin, der dem sowjetischen Armeekontingent in Berlin vorstand. Sie wurde als dessen persönliche Sekretärin angestellt, blieb aber seltsamerweise in Pankow wohnen – bei der Frau des Fliegers, der in den letzten Tagen des Krieges noch von seinem Vorgesetzten zum Flughafen bestellt worden und nicht mehr nach Hause zurückgekehrt war. Nachdem der Flieger verflogen war, kamen die beiden Frauen auf einmal gut miteinander aus.

Das Kätzchen hatte, wie erwähnt, ein sehr langes Leben, obwohl sie weder Familie noch Kinder hatte oder vielleicht gerade deswegen. Irgendwann kam sie nicht mehr alleine die Treppe herunter. Fürs Altersheim hatte sie kein Geld, wurde aber trotzdem aufgenommen und bis zu ihrem letzten Tag wie eine Königin behandelt. Man munkelte, sie habe mit dem Chefarzt und dem Pflegedienstleiter französisch gesprochen.

# Sommerferien in Alaska

Die Schwester meines Vaters kam Ende der Neunzigerjahre aus der Hafenstadt Odessa nach Düsseldorf, später zog sie nach Berlin um. Solange ich zurückblicken kann, wohnte sie allein. Sie hatte in jungen Jahren zwar immer einmal wieder Freunde gehabt, doch diese Freundschaften waren nie von Dauer. Sie sprach ungern darüber. Nur einmal zeigte sie mir eine schöne Kette für die Haare, einen Kopfhaarschmuck, den ihr ein verliebter Armenier geschenkt hatte, als sie einmal in den dortigen Bergen Urlaub gemacht hatte. Die Gefühle des Armeniers waren ernst gewesen, aber nicht ernst genug, um mit der Tante nach Odessa zu ziehen. So blieb nur dieser Kopfschmuck als Erinnerung an eine abenteuerliche Bekanntschaft.

Ein andermal hatte die Tante in Odessa am Strand von Arcadia einen hübschen Seemann kennengelernt, der ihr Herz eroberte und durchaus Heiratsabsichten hatte. Zuvor musste er jedoch noch schnell mit einem großen Schiff nach Alaska fahren. Er kam nie wieder. Die Tante spielte eine Zeit lang mit dem Gedanken, den Seemann zu suchen, ihm

hinterherzufahren. Sie kaufte sich sogar einen Reiseführer, *Sommerferien in Alaska*, nach dessen Lektüre sie jedoch beschloss, lieber zu Hause zu bleiben. Ihre längste Reise war die Umsiedlung nach Deutschland.

In Berlin bewohnte sie eine klitzekleine Eineinhalbzimmerwohnung in der Kreuzberger Lindenstraße. Im Haus meiner Tante und in den umliegenden Häusern wurden mehrere deutsche Filmproduktionen über das Leben in sozialen Brennpunkten und das schwere Los im Ghetto gedreht. Das eine Haus ging fließend in das andere über, es war ein riesiger Sozialbau, ein Babylon, in dem die Wände der Fahrstuhlkabinen mit den Weisheiten vieler Völker beschrieben, zerkratzt und beschmiert waren – auf Polnisch, Kurdisch, Türkisch, Persisch und Russisch. Nur auf Deutsch konnte man keine finden, abgesehen von dem Schild »Hunde müssen draußen bleiben«. Eine sinnlose Warnung der Hausverwaltung, denn die Einwohner hielten ihre jeweiligen Nachbarn für die gemeinten Hunde und nicht ihre Haustiere.

Die Enge ihrer Wohnung kompensierte meine Tante durch die endlosen Weiten des Internets. Die meiste Zeit verbrachte sie im Netz. Sie kommunizierte mit ihren alten Freunden und Verwandten, die aus Odessa nach Israel und Amerika ausgewandert waren, sie machte bei mehreren Foren mit und mischte sich von Kreuzberg aus in die Weltpolitik ein, protestierte gegen die Nato-Osterweiterung und

kritisierte die unverantwortliche Politik der Briten gegenüber der EU. Außerdem sammelte sie im Netz Rezepte
der molekularen Küche, interessierte sich für Traumdeu-
tung und besuchte die Seiten von Reisebüros, die ausgefal-
lene Urlaubstrips anboten, zum Beispiel eine Kreuzfahrt von
Miami nach Alaska.

In ihrem realen Leben hat die Tante, soweit ich weiß,
weder molekular gekocht, noch war sie politisch engagiert.
Auch mit Alaska hatte sie nichts am Hut. Sie kochte biologisch-bürgerlich, lud ihre Nachbarn ein und erzählte ihnen
von ihrer Familie. Je älter sie wurde, umso mehr interessierte
sie sich für ihre Vorfahren. Sie suchte und fand im Internet neue Familienmitglieder. Von einer damals kürzlich ver-
storbenen Verwandten erhielt sie auch den Nachlass von Simeon, dem Bruder ihres Vaters. Es waren seine Briefe von
der Front und ein Zeitungsausschnitt, der angeblich Onkel
Simeon neben dem japanischen Imperator Hirohito zeigte.
Der Onkel kämpfte 1945 als sowjetischer Kriegsreporter
gegen Japan und wurde 1946 von Stalin als japanischer Spion
zum Tode verurteilt. Angeblich war er dabei gewesen, als der
japanische Kaiser die Kapitulation mit den Amerikanern
unterschrieb. Für die Tante wurde dieser Onkel schnell zum
wichtigsten Verwandten. Wie einen Schatz hütete sie sein
altes Foto, einige begeisterte Briefe, in denen er Stalin ver-
herrlichte und den baldigen Sieg der Roten Armee prophezeite, und den vergilbten Zeitungsausschnitt mit Hirohito,

umringt von amerikanischen Militärs. Irgendwo dort, in der zweiten oder dritten Reihe, soll auch Onkel Simeon gestanden haben, man konnte ihn allerdings auf dem Foto nicht erkennen. Den Kaiser dafür umso mehr. Mit seiner runden Lennon-Brille lächelte Hirohito verschmitzt in die Kamera, sah aber trotz dieses Lächelns ungemein gefährlich aus und schien zu sagen: »Wartet nur ab, ihr weißen langnasigen Affen. Fürs Erste denkt ihr, ihr habt gesiegt. Doch ich kriege euch alle, einen nach dem anderen. Ihr werdet schon sehen. Wer zuletzt lacht …«

Die Tante wollte Onkel Simeon zu Ehren ein Familienmuseum im Internet einrichten, obwohl es für eine Ausstellung eindeutig zu wenig Exponate gab. Es war ja nichts von ihm geblieben, außer den Briefen, dem Foto und dem Zeitungsausschnitt. Diese Exponate zeigte die Tante jedes Mal, wenn ihre Nachbarn sie besuchen kamen: Oma Maria aus Polen, die links von ihr wohnte, und der Rentner Ibrahim aus dem achten Stock, ein pensionierter PKK-Kämpfer.

Alle Menschen sind Pechvögel, sie werden oft von unheimlichen Krankheiten gerade dort erwischt, wo sie es am wenigsten erwarten. Auf einmal hatte die Tante es mit dem Magen, obwohl sie doch immer gut biologisch-bürgerlich gekocht hatte. Sie musste operiert werden. Bevor sie ins Krankenhaus ging, sammelte sie ihre wichtigsten Schätze in einer Tüte und brachte sie für alle Fälle zu ihrer Nachbarin Oma Maria. Die Operation verlief ohne Komplika-

tionen. Zwei Wochen später war die Tante wieder zu Hause und erfuhr, dass Oma Maria inzwischen gestorben war. Wie furchtbar, dachte meine Tante, bekam dann aber ihre Tüte von Marias Verwandten zurück.

Die Krankheit meiner Tante war nicht ganz weg, sie versteckte sich nur. Ein halbes Jahr später musste sie erneut operiert werden. Sie packte ihre Schätze ein zweites Mal in die Tüte und brachte sie zu Ibrahim. Er weigerte sich jedoch, die Tüte an sich zu nehmen. Er meinte, irgendetwas darin bringe Unglück, er tippe auf den Imperator. Ich war gerade nicht in der Stadt, und um noch jemand anderen zu suchen, hatte die Tante keine Zeit. So nahm sie die Tüte einfach mit ins Krankenhaus.

Sie hat die Operation nicht überlebt. Als ihr nächster Verwandter bekam ich die Tüte und packte die Schätze aus. 2000 Euro befanden sich darin, das sogenannte Sterbegeld, die Haarschmuckkette, die Frontbriefe von Simeon und merkwürdigerweise die Broschüre *Sommerferien in Alaska*. Der rachsüchtige Imperator fehlte. Er war verschwunden, als hätte es ihn nie gegeben.

# Der Mönch und die Flasche

Mit achtzehn Jahren hatte Andreas seine Rechnung mit der Menschheit gemacht. Es war ihm klar geworden, dass Menschen sich nicht von Liebe, sondern von Gier und Herrschaftsdenken verführen ließen und sich selbst sowie ihre Nächsten und ihren Planeten ausbeuteten. Überall, wo sie sich ansiedelten, verödete das Leben:

»Du kannst bis ans Ende der Erde laufen und wirst keinen einzigen Ort finden, der nicht von Menschen verstümmelt und ausgeraubt wurde. Du wirst nirgends Ruhe für dein Herz finden, außer vielleicht in einem Kloster«, so meinte Andreas.

Die Flucht nach draußen in die Welt war zum Scheitern verurteilt, es blieb also nur die Flucht nach innen. Andreas beschloss, Mönch zu werden. In der Nähe seines Städtchens befand sich ein Kloster der Dominikaner. Er besuchte sie oft. Die Brüder nahmen ihn freundlich auf, drängten ihn aber nicht, in ihren Orden einzutreten, sondern rieten ihm im Gegenteil, erst einmal abzuwarten und keine unwiderruflichen Schritte aus einer Laune heraus zu unternehmen. Sie

boten ihm eine sechsmonatige Probezeit an, damit Andreas den Alltag im Kloster erst einmal kennenlernen konnte. Andreas fühlte sich bei den Brüdern wohler als zu Hause. Die nächste Stufe seiner Einweihung wäre ein Gelübde, das ihn für immer vom zweifelhaften sündigen Dasein da draußen befreit hätte. Er sollte für den Rest seines Lebens Schwarz tragen, arm und gehorsam sein und keine Frau mehr berühren.

Andreas blickte dem Gelübde furchtlos entgegen. Er hatte auch in seinem früheren Leben kein Geld gehabt und keine Frau berührt. Nicht dass er es nicht gewollt hätte, es hatte einfach nicht geklappt. Den Mönchen gefiel seine Jungfräulichkeit jedoch nicht. Sie empfahlen ihm, wenigstens noch ein wenig zu sündigen, bevor er sich endgültig ins Kloster einschloss. Alle Klosterbrüder waren als Erwachsene in den Orden eingetreten und hatten zuvor aktiv in der Welt draußen gelebt. Etliche hatten gescheiterte Ehen hinter sich, und viele hatten früher viel Geld verschleudert und Schulden gemacht, bevor sie ihre Rettung bei Jesus und in apostolischen Tätigkeiten fanden. Diese Männer wussten, worauf sie verzichteten. Es gehörte sogar zum Selbstverständnis eines jeden Klosterbruders zu wissen, worauf er verzichtete. Wie aber sollte Andreas es wissen, der nur seinen Schulabschluss als Lebenserfahrung hatte und noch immer Jungfrau war?

Immerhin war er mit einem Mädchen aus seiner Klasse gut befreundet. Sie wurden von den anderen Schülern sogar

als »Andreas + Lisa = Liebe« gehänselt. Drei Jahre lang, drei lange Jahre hatte er Lisa angestarrt, bevor er es wagte, sie anzusprechen. Seine Liebeserklärung ging gründlich daneben. Er tippte sie in der Pause auf die Schulter. »Siehst du denn nicht, wie ich dich anschaue?«, sagte er. Es war kein toller Satz für den Beginn einer Freundschaft, doch etwas anderes war ihm nicht in den Sinn gekommen. »Was willst du denn?«, fragte Lisa zurück. Sie war sichtlich verwirrt. Aber Andreas konnte das, was er wollte, nicht richtig formulieren. Ab und zu gingen sie gemeinsam von der Schule nach Hause, und einmal waren sie zusammen im Kino. Für mehr hatte es nicht gereicht.

Die Klosterbrüder rieten ihm dringend, seine Jungfräulichkeit zu verlieren, bevor er für immer ins Kloster ging. Sonst würde ihm möglicherweise das unangenehme Gefühl, etwas unheimlich Wichtiges verpasst zu haben, sein ganzes Klosterleben vergiften. Zu diesem Zweck bekam Andreas einen Aufschub für sein Gelübde. Er sah sich draußen um, aber außer Lisa gab es keine Kandidatin, mit der er auf die Schnelle seinen Plan verwirklichen konnte. Er rief sie an und fragte höflich, ob sie nicht mit ihm eine Reise nach Griechenland unternehmen wolle. Zehn Tage in der Sonne. Lisa sagte zu.

Die ersten sechs Tage starrte Andreas Lisa nur an. Abend für Abend gingen sie ans Meer, um den Sonnenuntergang anzugucken. Ein großartiges Naturschauspiel, das immer

pünktlich und genau nach demselben Drehbuch und trotzdem jeden Tag anders ablief. Die Röte der sich im salzigen
Wasser auflösenden Sonne spiegelte sich auf Lisas Gesicht
wider. Am siebten Tag verlor Andreas seine Jungfräulichkeit
dann doch noch. Es passierte ganz selbstverständlich, fast
wie von allein. Die restlichen Tage gingen sie nicht mehr ans
Meer, um sich den Sonnenuntergang anzuschauen, die letzten wertvollen Stunden verbrachten sie stattdessen im Bett.

Die neue Erfahrung überraschte Andreas. Er merkte auf
einmal, dass in dieser verunstalteten Welt die Liebe doch
möglich war. Andererseits hatte er sein Gelübde schon so
gut wie abgelegt, und Lisa war darüber unterrichtet, dass es
deswegen zwischen ihnen nichts Dauerhaftes geben konnte.
Sie war darüber nicht erfreut, aber eine solche Entscheidung
zu hinterfragen, wagte sie ebenfalls nicht. Trotz der tiefen
Gefühle, die er für Lisa empfand, zweifelte Andreas nicht
an seinem Entschluss. Lisa dagegen meinte, das Leben solle
keine Einbahnstraße sein, es müsse doch für alles und jeden
Hoffnung geben. Also beschlossen sie, auch für sich ein kleines Türchen für einen möglichen Rückzieher aus der Kirche
offenzulassen:

Am letzten Urlaubstag schrieb Andreas auf einen Zettel: »Andreas + Lisa = Liebe«. Darunter setzte er Lisas Adresse, dann steckte er den Zettel in eine leere Flasche und
warf sie, so weit er konnte, ins Meer. Sollte die Post jemals
zu Lisa zurückkehren, würde er das Kloster verlassen und zu

ihr ziehen. Lisa zog nur die Schulter hoch. Die Wahrschein-
lichkeit, dass die Flasche jemals aus dem ägäischen Meer
gefischt und in eine kleine österreichische Kleinstadt in den
Bergen gelangen würde, war so gut wie null.

Umso größer war Lisas Überraschung, als die Flaschenpost zusammen mit einem auf Englisch verfassten Begleit-
schreiben schon zwei Wochen später bei ihr ankam. Ein
amerikanisches Ehepaar, das auf einer Yacht seine Flitter-
wochen verbrachte, hatte die Flasche aus dem Meer gefischt und den Zettel gefunden. Lisa überlegte nicht lange.
Sie ging mit diesem Schreiben sogleich zum Kloster. Ausgerechnet an dem Tag war dort eine Trauerzeremonie an-
gesetzt: Der Wellensittich eines der ältesten Brüder war gestorben. Der Mönch hatte die ganze Nacht für ihn gebetet,
am Morgen darauf sollte bereits der Abschied von dem Vogel und dessen Begräbnis stattfinden. Der trauernde Bruder
weinte fast vor Kummer, und seine Gemeinschaft trauerte
mit ihm.

Für einen Stadt- oder Landbewohner wäre es sicherlich
lächerlich gewesen, wegen eines alten kranken Wellensittichs so viele Tränen zu vergießen. Doch Mönche, die nur
mit Gott und ihresgleichen zu tun haben, entwickeln oft
besondere Beziehungen zu den kleinen Lebewesen in dieser Welt, zu einer bestimmten Pflanze oder einer Spinne,
die ihr Netz in einer Ecke des Schlafraums baut. Sie freuen
sich über jeden, der ihnen Gesellschaft leistet. Der Wellen-

sittich hatte mehr als ein Jahrzehnt mit dem Bruder Brot und Bett geteilt, mit ihm gebetet, gegessen und geschlafen. Nun war er von seinem irdischen Dasein befreit und in den Himmel gerufen worden. Auch Gott braucht eben manchmal einen Wellensittich. So zweifelte auch niemand aus der Klosterbruderschaft daran, dass der Vogel im Paradies landen würde.

In diesem rührenden Augenblick platzte Lisa mit der Flaschenpost »Andreas + Lisa = Liebe« ins Kloster. Die Mönche empfingen Lisa als eine Art Wiederauferstehung des Wellensittichs. Sie wussten, das Gleichgewicht der Liebe durfte nicht gestört werden. Und wenn ein Liebespaar auf Erden getrennt wird, so soll ein anderes sofort an seine Stelle treten. Andreas wurde daher mit Lisa zusammen weggeschickt – nach Hause in die sündige Welt. Sie mieteten eine Wohnung in Wien und lebten drei Monate zusammen. Dann stellte sich heraus, dass sie doch nicht das ideale Paar waren. Für ein Zurück ins Kloster war es aber nun zu spät. Andreas wurde stattdessen Filmvorführer in einem Vorstadtkino.

# Drei Schwestern

Alle Männer, unabhängig von Alter und Familienstand, sind jederzeit bereit, eine unbekannte Schönheit kennenzulernen. Oder auch zwei. Frauen hingegen wollen immer heiraten, selbst die, die schon verheiratet sind. So lehrte uns die Schwiegermutter, eine große Kennerin menschlicher Schwächen. Der Wunsch zu heiraten sei tief im Unterbewusstsein der Frau verankert, so tief, dass manche diesen Wunsch erfolgreich verdrängten, leugneten, ignorierten, sich davon aber nie gänzlich befreien könnten. Der Wunsch sei stärker als Logik und Vernunft, deswegen heirateten gute Frauen oft Arschlöcher, meinte meine Schwiegermutter. Sie selbst ebenso wie ihre zwei Schwestern, eine älter und eine jünger, wollten gleich nach der Schule heiraten. Und obwohl sie im gleichen Haus in der gleichen kaukasischen Stadt geboren und aufgewachsen waren, hatten sie sehr unterschiedliche Vorstellungen von dem richtigen Kandidaten.

Die älteste Schwester, Anastasia, suchte einen großen Mann, den man schon von Weitem sehen konnte. Solche

Exemplare ließen sich im Kaukasus am besten auf dem Markt oder auf Volksfesten finden. Sie hielten sich nämlich am liebsten dort auf, wo es etwas zu essen und zu trinken gab. Anastasia gab sich Mühe bei ihrer Suche und wurde fündig, sogar mehrmals. Sie musste nur bunte Sachen anziehen, zum Beispiel ein grünes Kleid und weiße Strümpfe, dazu einen gelben Sonnenschirm in der Hand. Große Männer reagieren auf knallige Farben wie Kinder, sie werden von ihnen geradezu magisch angezogen.

Anastasia war drei Mal unglücklich mit Männern verheiratet, die aussahen wie Arnold Schwarzenegger. Leider stellte Anastasia fest, dass – wie oft im Leben – äußere Stärke nur Tarnung für innere Schwäche war. Unter Bergen von Muskeln verbargen sich Unsicherheit, Ängste und Minderwertigkeitskomplexe. Ihr erster Schwarzenegger machte ihr ein hübsches Kind, war aber sonst für jede Arbeit zu faul und lief jedem Rock hinterher. Der zweite war zu ihr sehr nett und lieb, landete aber wegen bewaffneten Raubüberfalls im Knast. Sie heiratete einen dritten Schwarzenegger, der soff wie ein Loch. Anastasia trennte sich einmal pro Woche von ihm. Mit lautem Geschrei, Tränen und Möbel-Hin- und -Herfahren unterhielt sie die halbe Stadt. Anastasia besorgte den Umzugstransport für die Trennung jedes Mal selbst – in der Regel einen Esel mit Anhänger –, trug ihre Kleider, Hüte, Sonnenschirme und den Schaukelstuhl eigenhändig nach unten und lotste den Esel laut

weinend zum Haus ihrer Mutter zwei Straßen weiter. Einige Tage später, wenn der Mann wieder nüchtern war, entschuldigte er sich und holte seine Frau zurück.

»Ich möchte euch nie wiedersehen! Ihr bringt Schande über unsere Familie!«, rief Anastasias Mutter dem Paar hinterher.

»Wir kommen nie wieder!«, versicherte Schwarzenegger.

Aber spätestens drei Wochen später erschien der Esel mit Anastasias Schaukelstuhl und allem anderen im Gepäck erneut vor ihrem Haus.

Die Nachbarn wussten immer genau, wann das Drama weiterging, und wollten keine Folge verpassen. Fernsehen hatte damals noch niemand, und so hatte die Serie »Anastasia verlässt Schwarzenegger mit Esel« stets eine Zuschauerquote von 100 Prozent. Irgendwann hatte Anastasia aber wirklich genug. Sie ließ sich scheiden. Ihr Mann stand nächtelang unter dem Fenster, torkelte in betrunkenem Zustand nach Hause und geriet zuletzt unter die Räder. Seitdem war sich Anastasia sicher: Alle Schwarzeneggers waren Versager. Und sie versuchte nicht mehr, ihren Traum in der Realität zu finden. Sie lebt inzwischen schon sehr lange allein, zieht sich aber immer wieder am Wochenende bunt an. Mit weißen Schuhen und grünem Sonnenschirm geht sie spazieren und auf den Markt, wo sie jedem Schwarzenegger, der dort Gemüse verkauft, große Augen macht. Das tut sie aber aus Gewohnheit und ohne Absicht. Abends beschwert sie sich

bei der Nachbarin, alles werde kleiner, sogar die Schwarzeneggers seien geschrumpft.

Das männliche Ideal der mittleren Schwester, meiner Schwiegermutter, war ein ganz anderes. Sie träumte von einem Mann, der fühlen konnte, ohne stets über seine Gefühle zu reden, der lieben konnte, ohne liebesmüde zu werden, der trinken konnte, ohne sich zu betrinken, der einfach alles konnte, aber ohne anzugeben. In der Vorstellung der Schwiegermutter sollte es eine Art russischer Hemingway sein. Solche Männer fand man nicht auf der Tanzfläche im Club, und erst recht nicht auf dem Markt. Man konnte sie nur in den Bergen finden, in der Wüste oder im Wald. Deswegen ging meine Schwiegermutter erst ans geologische Institut und nach Beendigung ihres Studiums zum Arbeiten auf die Insel Sachalin.

Dort, wo der Winter neun Monate dauerte und die Wochentage nach unterschiedlichen Windstärken benannt wurden, weideten in ihrer Vorstellung die russischen Hemingways. Schließlich sagt schon eine alte sibirische Volksweisheit, in der Kälte finden die Menschen leichter zueinander. Und in der Physik lautet das oberste Gesetz der Thermologie: Ein dünner Freund bringt mehr Wärme als zwei dicke. Die Schwiegermutter fand auch schnell ihren Hemingway – mit Bart, durchdringendem Blick und Gewehr. Jedes Jahr vollbrachte der Sachaliner Hemingway eine Heldentat. Mal schoss er einen wilden Bären im Wald, der

Touristen hinterhergejagt war, mal rettete er Kinder aus einem Sumpf. Was ihn ein wenig vom amerikanischen Hemingway unterschied, war, dass er keine Romane schrieb. Dafür sagte er niemals Nein, wenn jemand Hilfe brauchte.

Einmal bat ihn der Nachbar, ihm zu helfen, den Motor in seinem Wagen auszuwechseln. Zu zweit bauten sie ihn aus, doch der Nachbar konnte ihn nicht halten und ließ ihn fallen. Hemingway ließ nichts fallen, bekam aber nachts einen Herzinfarkt. Im Krankenhaus wollte er dann nicht auf die Schwester hören, die ihm jegliche Bewegung verboten hatte, stand auf, ging zur Toilette und ans Fenster zum Rauchen. Da platzte sein Herz auseinander. Er war gerade 51 Jahre alt geworden.

Die dritte Schwester, Raisa, mochte weder Hemingway noch Schwarzenegger. Ihr romantisches Ideal war ein Professor, ein Intellektueller mit Brille und Hut, der gerade dabei wäre, der Welt eine Glücksformel zu schenken. Natürlich durfte der Professor nicht langweilig sein, dafür aber vielleicht ein wenig verrückt. Raisa fuhr nach St. Petersburg, damals Leningrad, und wurde als beinahe einziges Mädchen am Technologischen Institut aufgenommen. Kurze Zeit später lernte sie einen Studenten älteren Semesters kennen, der zwar noch kein Professor war, aber alle Voraussetzungen hatte, bald einer zu werden: Brille, Hut, den verrückten Blick und den seltenen Namen »Willen«, eine Abkürzung, die nur überzeugte alte Bolschewiken ihren Kindern

statt normaler Namen gaben. Vorausgesetzt die Eltern waren lebendig durch den stalinistischen Terror gekommen. »Willen« bedeutete Wladimir Iljitsch Lenin. Willens Mutter, eine alte revolutionäre Funktionärin, hatte als junge Frau den Führer des Weltproletariats sogar persönlich kennengelernt und mit ihm Tee getrunken. Diese Begegnung hatte sie so beeindruckt, dass sie ihren einzigen Sohn Lenin zu Ehren nach diesem benannte.

Willen fand Raisa ebenfalls hübsch und klug und machte ihr, ohne groß nachzudenken, einen Heiratsantrag. »Ich muss dir nur etwas beichten, bevor du mir antwortest«, sagte er. »Ich habe ein komisches Hobby. Ich spiele.«

Raisa lachte darüber. »Ich doch auch!«, sagte sie und nahm den Heiratsantrag an. Spielen als Hobby fand sie vollkommen in Ordnung. Außerdem wusste sie aus Filmen und Büchern, dass alle Professoren, auch die zukünftigen, kleine Marotten haben durften. Was Willen wirklich unter »spielen« verstand, begriff sie erst eine Woche nach der Hochzeit, als sie in die kleine Wohnung einzog, die Willen sich mit seiner Mutter, der alten Bolschewikin teilte. Die Menschen spielen nur selten aus Gier oder Spaß am Gewinn. Viel öfter ist ihre Spielsucht eine Frage an das Schicksal: Ja oder nein? Unsichere Menschen, die an der Festigkeit der Welt und an sich selbst zweifeln oder wie Hamlet ständig ihre Daseinsberechtigung hinterfragen, neigen zum Spielen. Willen hatte jeden Grund, an seiner Unvermeidlichkeit zu zweifeln.

Sogar seine Mutter betrachtete ihn als Nebenprodukt ihrer revolutionären Tätigkeit zur Veränderung der Welt.

Spielsüchtige Menschen sind abergläubisch. Sie klopfen an jeder Ecke auf Holz, spucken sich über die Schulter, addieren die Hausnummern auf einer Straße – kommt eine gerade oder ungerade Zahl heraus? Sie versuchen, nicht auf die Risse im Asphalt zu treten, sie zählen die beleuchteten Fenster in den Häusern und alle Bäume im Park. Gewinnt die Dunkelheit oder das Licht? Ja oder nein?

Willen sammelte Briefmarken und spielte. Montags und donnerstags spielte er Schach im Park vor dem Haus. Mittwoch war sein Billardtag, am Dienstag ging er zu den Philatelisten, und samstags wie sonntags bekam er Besuch: eine Männerrunde, mit der er Poker spielte, in der Regel zwei Nächte am Stück, mit einer kurzen Schlafpause tagsüber. Raisa sah ihren Professor nur mit Karten in der Hand oder tagsüber mit dem Rücken zur Welt liegend. Sie konnte aber nichts dagegen tun. Willen spielte nicht nur zu Hause, er spielte auch im Institut, wenn sich die Gelegenheit ergab. Er spielte später bei der Arbeit, und wenn sie in den Urlaub fuhren, fing er bereits im Zug an zu spielen, und am Strand spielte er weiter.

Der Gerechtigkeit halber muss gesagt werden, dass Willen ein glücklicher Spieler war. Das Schicksal war oft auf seiner Seite, und er gewann öfter, als er verlor. Er gewann Geld, Schmuck, Klamotten, Parfüm, sogar ein Auto hat er

einmal gewonnen, obwohl er keine Fahrerlaubnis besaß und auch nicht fahren konnte. Raisa überlegte sich, selbst in die Fahrschule zu gehen, das Auto war aber vorher schon wieder verspielt.

Raisa ertrug Willens Spielsucht sehr lange, aber als ihr klar wurde, dass ihr Professor die Menschheit nie mit einer magischen Formel beglücken würde, beschloss sie, ihn zu verlassen. Willen bemerkte nicht gleich, dass sie fehlte. Er befand sich bei einem Schachturnier im Park und war schwer am Gewinnen. Das Schicksal sagte gerade »ja« zu ihm. Mehrmals sogar. »Ja, ja, ja!«, sagte sein Schicksal.

Aber nachdem Raisa weg war, fing er an zu verlieren. Willen suchte seine Frau, fand sie und bettelte sie auf Knien an, zu ihm zurückzukommen. Er erklärte ihr, sie sei sein Talisman, sein Glücksbringer, ohne sie wäre er für immer verloren. Raisa kam tatsächlich zurück und blieb bei ihm. Das Spiel mit dem Schicksal ging weiter. Es zeigte sich wetterwendisch, mal sagte es Ja und mal Nein.

Irgendwann wurden bei Willen eine schlimme Form von Diabetes und ein Nierenschaden diagnostiziert. Ihm musste ein Bein amputiert werden. Er konnte nicht mehr in den Park zum Schachturnier gehen und nicht zu den Philatelisten. Aber Raisa fuhr ihn überall hin, damit er weiterspielen konnte. Statt gegen die Krankheit zu kämpfen, spielte er weiter mit dem Schicksal und schloss sogar Wetten ab, wie lange er noch auf einem Bein durchhalten würde. Schließlich

unterlag er aber seiner Krankheit, denn mit dem Schicksal zu spielen ist wie Roulette: Die Bank gewinnt am Ende immer. Wir leben nicht so lange, wie sich die Kugel dreht.

Alle drei Schwestern sind nun schon lange Witwen. Einmal im Jahr kommen sie zu einer Gedenkfeier zusammen und trinken auf diejenigen, wie es auf Russisch diplomatisch heißt, die aus unvermeidlichen Gründen verhindert sind, persönlich an der Feier teilzunehmen.

# Russische Weihnacht

Unterwegs zum Zürcher Flughafen klagte mein DJ-Kollege über Kopf- und Magenschmerzen. Auch mir ging es nicht gut. Wir hatten die ganze Nacht an einem russischen Weihnachtstisch verbracht. Dabei hatte sich diese Reise als reine Routineveranstaltung angekündigt. Man hatte uns mit unserer Musikmucke »Russendisko« nach Zürich eingeladen, wo wir bei einer sogenannten »Russischen Weihnacht« in einem Club Musik auflegen sollten, in dem früher fast ausschließlich amerikanische Rapper aufgetreten waren. Eminem soll hier sein erstes Konzert in Europa gegeben haben, wie uns der Besitzer Jörg als Erstes stolz erzählte. Wir waren etwas nervös. Mit unserer Lalala-Musik konnten wir nicht einmal einen halben Eminem bieten. Wie würden wohl die harten Zürcher Rapper auf uns reagieren?

Wir sollten uns keine Sorgen machen, beruhigte uns Jörg. Er habe beschlossen, ab jetzt sowieso nur noch osteuropäische, vor allem russische, Lalala-Musik in seinen Laden zu holen. Der Grund für seinen Geschmackswechsel war seine neue Liebe, Tamara, die wir ebenfalls

kennenlernten. Tamara war äußerlich herausragend: fast zwei Meter groß, schlank, blond und mit großen blauen Augen – ein real existierendes Blondinenklischee. Sie kam ursprünglich wie ich aus einem Moskauer Randbezirk, nur war ihr Bezirk noch etwas randlicher als meiner, und seine Bewohner waren in der ganzen Stadt für ihre kriminellen Aktivitäten berühmt. Es waren fast ausschließlich Menschen, die bequeme Sportanzüge mochten, sich die Köpfe kahl rasierten, am ganzen Körper lustig tätowiert waren und Handfeuerwaffen als Amulette trugen. Aus heutiger Sicht waren es Rapper, nur eben ohne irgendeine musikalische Begleitung.

Zu Beginn der Neunzigerjahre hatte sich Tamara, damals achtzehnjährig, eine erfolgversprechende Beschäftigung im Ausland gesucht. Die Rapper in ihrer Nachbarschaft hatten Kontakte und halfen ihr, in Belgrad eine Stelle in einer Karaoke-Cocktailbar mit Schwerpunkt Striptease zu bekommen. Singen und tanzen musste Tamara nicht mehr lernen, nur Cocktails mixen war für sie neu. In Russland hielt man Cocktails lange Zeit für einen schwulen Akt der Verschwendung. Russen mixen auch heute noch nicht gerne, sondern putzen am liebsten alle Teile einzeln nacheinander weg. Die Serben als europäisch geprägte Nation mixten jedoch volle Pulle. Tamara kannte bald die wichtigsten einheimischen Rezepte, zum Beispiel den populären Cocktail »Die slawische Front«: viel Eis, viel Wodka, ein Schuss

Champagner und Himbeerlikör. Und unter dem Eis musste ein Stück Salzgurke liegen.

In Belgrad verbrachte Tamara ein paar wilde Jahre bei Tanz, Gesang und dem Mixen der slawischen Front. Die Serben verliebten sich stapelweise in sie. Tamara hatte ihr Herz aber an einen argentinischen Tangotänzer verloren, einen langhaarigen Mann, der mit ihr Englisch sprach und Designerklamotten trug. Er sah anders aus als alle Männer, die Tamara bis dahin getroffen hatte. Er war definitiv kein Rapper. Der Tangotänzer hatte in Belgrad ein Engagement am Theater, das allerdings mit Beginn des Krieges automatisch zu Ende ging. Tamara und er flohen in die Schweiz, wo der Latin Lover jemanden kannte, der versprach, ihm zu helfen. Im neuen Land geriet ihre Beziehung jedoch ins Stocken. Die Liebe kühlte ab, und der Alltag fraß alle Gefühle auf. Bis der Latin Lover eines Tages Tamara gegenüber sogar handgreiflich wurde. Tamara trat ihm – wie sie es in ihrer Heimat gelernt hatte – sofort zuerst gegen das eine und dann gegen das andere Schienbein, sodass der Tangotänzer zu Boden ging. Das tat er so unglücklich, dass er sich dabei ein Bein brach, ins Krankenhaus musste und danach sehr lange nicht mehr tanzen konnte. Nach dieser Auseinandersetzung war die Liebe endgültig zu Ende, ein weiteres Zusammenleben kam nicht mehr infrage.

Noch während der Tangotänzer im Krankenhaus lag, machte sich Tamara auf Jobsuche und kam dabei zufällig an

dem Laden vorbei, in dem Eminem einst sein erstes Europakonzert gegeben hatte. Dort wurde sie von Jörg als Tresenkraft auf Probe eingestellt. Gleich in ihrer ersten Nachtschicht mixte Tamara dem Chef die slawische Front, genau genommen eine Sparvariante davon, denn in dem Laden gab es keine Salzgurken, nur Oliven. Sie sang Jörg russische Lieder vor, schaute ihm tief in die Augen und hypnotisierte ihn, glaube ich, auf diese Weise komplett. Bereits am nächsten Morgen konnte Jörg ohne sie nicht mehr leben. Sie wurden ein unzertrennliches Paar.

Die Eltern von Jörg waren über die neue Liebschaft ihres Sohnes mehr als unglücklich, erzählte uns Tamara. Nach dem tragischen Verlust ihres anderen Sohns, des älteren Bruders von Jörg, der ebenfalls eine Russin kennengelernt, geheiratet und sich schon wenig später in der gemeinsamen Küche mit einem Jagdgewehr das Gehirn so heftig weggepustet hatte, dass die Küchentapete noch Monate danach klebte, waren Jörgs Eltern russenfrauenfeindlich geworden. Ihren jüngsten Sohn Jörg betrachteten sie, nachdem er ihnen seine Tamara vorgestellt hatte, als Todgeweihten der bereits mit einem Bein im Grab stand. Auch außerhalb seiner Familie konnten die Freunde und Mitarbeiter von Jörg seinen plötzlichen Liebeswahn nicht recht nachvollziehen. Die Mitarbeiter vermuteten in Tamara eine russische Mafiahexe, die ihren Chef mit Drogencocktails verzaubert hatte.

Tamara hatte es schwer, gegen solche Vorurteile zu kämp-

fen. Um die Russen zu rehabilitieren und seine plötzliche Liebe zu erklären, beschloss Jörg, in seinem Club ab sofort russische Kultur zu präsentieren, um damit den Zürchern das Wesen seiner neuen Frau verständlicher zu machen. Er suchte und fand einen russischen Koch, der gut Pelmeni kneten konnte, erfüllte den Wunsch seiner Frau nach russischem Karaoke und lud uns als Russendisko aus Berlin zu einem besonderen Abend unter dem Titel »Russische Weihnacht« ein.

Vor Beginn der Tanzveranstaltung sollte im Saal russisches Essen serviert werden, die Tische hatte man direkt auf der Tanzfläche aufgestellt. Dort hatten die Köche eine Wiese aufgedeckt. Die modernen Russen sagen nämlich nicht »Lass uns den Tisch decken«, es heißt stattdessen: »Lass uns die Wiese aufdecken«. Es durfte an nichts fehlen. Jedem Gast wurde eine extra Flasche Wodka zur Seite gestellt. Nach dem Essen sollte das Clubpersonal die Tische flott zur Seite räumen, damit die Gäste tanzen konnten.

Mich hatte dieses Konzept gleich misstrauisch gemacht. Bei einem russischen Essen kann man die Tische eigentlich nicht mehr wegbewegen, wenn das Essen erst einmal begonnen hat – und danach auch nicht. Wenn man es trotzdem tut, fallen die Gäste um. Die Vorstellung unseres Gastgebers, seine Gäste würden nach russischem Essen und Trinken auch noch tanzen können, zeugte von großer Naivität. Doch wir sagten das nicht laut. Wir waren selbst nur Gäste

auf diesem multikulturellen Fest-Experiment und überließen dem Gastgeber die Verantwortung.

Jörg begrüßte seine Gäste am Eingang persönlich und versuchte nach Möglichkeit, mit jedem eintreffenden Halbbekannten einen kleinen Wodka auf ex zu kippen, angeblich eine russische Sitte, die er in einem alten russischen Film gesehen habe, meinte er. Wir nickten verständnisvoll. Aus eigener Erfahrung weiß ich: Vieles, was in einem Film möglich ist, funktioniert im realen Leben nicht. Wodka belebt die Menschen nur für kurze Zeit. Plötzlich kommt einem die große Welt so vertraut vor wie eine Nuss, jeder Berg ist nur noch halb so hoch und jedes Leid halb so schlimm. Doch diese Phase ist nicht von Dauer. Schnell erlischt der herrliche Zustand der Überheblichkeit, und man wird zu Brennholz. Man hört und sieht alles, aber versteht es nicht.

Auch Jörg wurde nach zwanzig Gästen zu Holz. Er konnte sich zwar noch ohne fremde Hilfe an den Tisch setzen und freundlich vor sich hin lächeln, aber jeder sah, dass der Abend für ihn gelaufen war. Seine Freundin Tamara dagegen war quicklebendig. Zusammen mit einer anderen Russin, die ebenfalls einen Schweizer geheiratet hatte, setzten sich die beiden Frauen zu uns, um endlich jemandem in ihrer Heimatsprache von ihrem abenteuerlichen Leben zu erzählen.

Die Wiese wurde schnell leer. Russisches Essen mit Wodka ist eigentlich eine Vollbeschäftigung und erfordert

keine weitere Unterhaltung. Man muss die Gäste nicht zusätzlich anheizen, sie laufen von ganz allein warm. So wurde der Abend zur Nacht, ohne dass die Tische weggeräumt wurden. Es war nur einer zu Bruch gegangen, als ein Gast mit vollem Körpereinsatz in der Salatschüssel nach weiteren Schätzen forschte. Unsere Disko fing nicht an, aber die Musik spielte trotzdem in den Köpfen der Anwesenden. Es war lustige russische Lalala-Musik. Viele Gäste schaukelten rhythmisch hin und her, und vor drei Uhr nachts verließ niemand den Club. Wir tranken mit Tamara und ihrer Freundin slawische Front mit und ohne Gurke, sangen im Karaoke-Verfahren patriotische Lieder aus unserer Jugend, lauschten den Anekdoten der beiden Frauen über die sensiblen Schweizer Männer, und irgendwann wurde meinem DJ-Kollegen schlecht. Es sah nach einer Vergiftung aus, unklar war nur, womit er sich vergiftet hatte. Waren es die slawischen Fronten, die patriotischen Lieder oder die Schweizer Männer, die ihm den Rest gegeben hatten? Vielleicht alles zusammen. Auf jeden Fall kotzte er sich herzlich aus.

Am nächsten Tag fuhren wir zum Flughafen Zürich. Wir hatten kaum Gepäck dabei. Ich hielt eine kleine schwarze Aktentasche mit einer Zahnbürste in der Hand, mein Kollege zog unseren rollenden DJ-Koffer hinter sich her. Unsere Reise schien beinahe überstanden. Doch je näher wir dem Flughafen kamen, desto schlechter ging es meinem Kollegen. Er benahm sich jedoch vorbildlich und ging mit mir

zum Check-in und durch die Ausweiskontrolle. Wir setzten uns in ein kleines Flugzeug, das auch noch ziemlich leer war, verstauten den großen Alukoffer oben im Gepäckabteil und schnallten uns an. Mein Kollege blickte nachdenklich aus dem Bullauge der Maschine und beschloss, doch lieber den Zug zu nehmen. Es war eine unwiderrufliche Entscheidung. Wir winkten der Stewardess und erklärten ihr die Lage. Nach den geltenden Regeln der Flugsicherheit darf das Bordpersonal niemanden aufhalten, der aus einem Flugzeug aussteigen will, solange die Maschine noch am Boden steht.

»Nimm du dann den Musikkoffer«, flüsterte mir mein Freund noch zu, bevor er ausstieg.

»Natürlich, kein Problem, mach dir keine Sorgen«, nickte ich.

Kaum hatte mein Kollege seinen Platz verlassen, rief die Dame, die vor uns saß, die Stewardess.

»Der junge Mann hat die Maschine verlassen, habe ich recht? Er hatte Schweißperlen auf der Stirn. Er kam mit einem großen silbernen Koffer hier herein, stieg aber ohne Koffer aus. Das heißt sein Koffer fliegt allein«, entwickelte die Dame ihre Verschwörungstheorie weiter. »Ich möchte unter diesen Umständen sofort die Maschine verlassen«, sagte sie.

Ich mischte mich ein. »Nein, nein, das haben Sie falsch verstanden, das ist unser gemeinsamer Koffer, da sind nur

die Russendisko-Lalala-Musik und ein Paar Kopfhörer drin. Ich kann den Koffer aufmachen und Ihnen alles zeigen«, schlug ich vor, um die Dame zu beruhigen.

»Ich möchte auf keinen Fall wissen, was in diesem Koffer ist! Ich will nur eins – sofort aussteigen.« Sie nahm ihren Mantel und eilte zum Ausgang.

»Ich habe alles gesehen und alles gehört!«, rief der Mann im rosafarbenen Hemd, der auf der anderen Seite des Gangs von uns saß. »Ich möchte auch nicht fliegen, lassen Sie mich raus!«

»Und mich auch!«

»Und mich!«

Ich traute meinen Augen nicht. Einer nach dem anderen verließen die Passagiere das Flugzeug, niemand wollte mit mir nach Berlin fliegen. Zum Start saß ich beinahe allein in der Maschine. Das war nur passiert, weil wir im Flugzeug Russisch gesprochen hatten. Die Angst vor Fremden ist eine starke Angst, überlegte ich.

In Berlin nahm ich ein Taxi nach Hause. Laut Kalender war Weihnachten zwar mittlerweile vorbei, doch die Stadt wirkte noch immer wie ausgestorben. Wir fuhren an einem geschlossenen großen Tannenbaummarkt vorbei, wo noch viele Bäume standen und lagen, die von den Bürgern verschmäht worden waren. Schade um die Tannen, dachte ich. Aber noch mehr taten mir die Tannenbaumverkäufer leid, weil man die Weihnachtsbäume eben nur einmal im Jahr

verkaufen kann. Was machten sie nun mit dem Rest? Ohne es zu merken, sprach ich die Gedanken laut aus.

»Da machen Sie sich mal keine Sorgen«, beruhigte mich die Taxifahrerin. »Ich habe etwas darüber gelesen. Die Tannen werden in den Zoo gebracht und an die Giraffen verfüttert.«

Ich fiel beinahe vom Sitz, so unerwartet kam diese Aussage. Ich konnte mir vieles vorstellen, aber Tannenbäume essende Giraffen, das überstieg meine Vorstellungskraft.

»Sind Sie sicher«, fragte ich die Taxifahrerin vorsichtig. »Sind Sie sicher, dass Giraffen Tannenbäume essen? Tannen haben doch spitze Nadeln. Was ist, wenn sie im Giraffenhals stecken bleiben? Kann es vielleicht sein, dass Sie Giraffen mit Kamelen verwechseln?«

»Das kann natürlich sein«, nickte die Taxifahrerin nachdenklich.

»Das ist Quatsch«, sagte ich. »Wo Giraffen und Kamele leben, gibt es gar keine Tannenbäume, sie müssen dort zu Weihnachten etwas anderes essen.«

»Und Sie? Woher kommen Sie? Aus Russland? Was essen Russen denn zu Weihnachten gerne?«

»Russen essen definitiv auch keine Tannenbäume«, lachte ich und dachte an die Schweiz. Und dass wir beim nächsten Mal vielleicht doch ein wenig Musik machen und nicht so viele Salzgurken-Getränke zu uns nehmen sollten. Der Zürcher Jörg hat uns aber nie wieder eingeladen.

# Der wahre Zweck
## der sogenannten Pyramiden

Noch heute sind sich Wissenschaftler uneinig, wozu Ägypter ihre Pyramiden gebaut haben: Was hat sie zu diesem ungeheuerlichen Arbeitsaufwand veranlasst? Historiker bieten je nach Temperament und Weltanschauung vier unterschiedliche Antworten auf diese Frage an.

Romantische Historiker mutmaßen, die Ägypter hätten die Nähe zu den Göttern gesucht und eine Treppe in den Himmel bauen wollen, damit ihre Götter und ihre Pharaonen jederzeit beisammensitzen konnten. Deswegen sei bei den ägyptischen Pyramiden die Höhe am wichtigsten: Je höher die Pyramide, desto göttlicher fühlte sich der für ihren Bau zuständige Pharao.

Pragmatische Historiker behaupten dagegen, Ägypter hätten ihre Pyramiden gebaut, um sich im Falle eines Dauerregens vor Überschwemmungen zu retten. Deswegen sei bei den Pyramiden das Wichtigste ihre Breite. Je breiter die Pyramide, desto fürsorglicher der für den Bau zuständige Pharao.

Die merkantil denkenden Historiker behaupten, die

Ägypter hätten ihre Pyramiden gebaut, um Touristen anzulocken und abzuzocken.

Und die Spaßvögel unter den Historikern behaupten, die Ägypter hätten sie einfach so, ohne jeden Grund, gebaut. Aus Langweile, und weil sie nichts Besseres zu tun hatten.

Ich denke, alle diese Versionen könnten richtig sein. Es passiert oft bei der Verwirklichung großer Projekte, dass Menschen aus den unterschiedlichsten Gründen zur selben Tat schreiten. Und so war es wahrscheinlich auch bei den Pyramiden. Der eine suchte die Nähe zu den Göttern, der andere hatte Angst vor Überschwemmungen, der dritte langweilte sich, und der vierte wollte Touristentussis anmachen. Alle fassten mit an, und so entstanden die Pyramiden, ein Denkmal menschlicher Überheblichkeit.

Den wahren Zweck der Pyramiden haben jedoch weder die Ägypter noch die Historiker und Archäologen herausbekommen. Bis zum heutigen Tag ist er ihnen allen verborgen geblieben. Auch dies ist verständlich. Der wahre Zweck der Dinge um uns herum ist niemals der vordergründige Zweck, zu dem man sie erschaffen hat. Er ist immer ein unerwarteter, ein zufälliger und bleibt dem Menschen in der Regel für immer verborgen. Man kann ihn nur zufällig erraten.

Rein zufällig bin ich über den wahren Zweck der ägyptischen Pyramiden gestolpert und möchte nun dieses Wissen anderen Menschen nicht vorenthalten: Der wahre Zweck

des Baus der ägyptischen Pyramiden war der, dass mein Freund Frank Grünberg endlich eine Frau kennenlernte. Frank ist einen Meter neunundneunzig groß, war der beste Stürmer in der Basketballmannschaft seiner Schule und ist zurzeit der wahrscheinlich dienstälteste Taxifahrer von Berlin. Sein Leben lang hatte er unter Einsamkeit gelitten. Ihm gefielen kleine, zierliche Frauen, aber wegen seiner extremen Schüchternheit und seiner Körpergröße war es ihm nie gelungen, eine solche näher kennenzulernen. Er hätte sich hinknien, gar auf alle viere gehen müssen, um so eine Frau in Augenschein zu nehmen. Daher wäre Frank wahrscheinlich für immer Single geblieben, hätten ihm seine Eltern nicht als Geschenk zu seinem 33. Geburtstag eine Pauschalreise nach Ägypten gebucht.

Ägypten war in jenem Jahr ein echtes Schnäppchen. Kurz zuvor war ein Bus mit Touristen von Einheimischen in die Luft gesprengt und eine Gruppe Engländer in einem Hotel massakriert worden. Sofort gingen die Preise für Ägyptenreisen in den Keller. Frank hatte sich eigentlich nie für Ägypten interessiert, auch mochte er Pauschal- und Fernreisen nicht. Aber gebucht ist gebucht.

In Ägypten angekommen langweilte sich Frank zu Tode. Er wollte an den angebotenen touristischen Aktivitäten nicht teilnehmen. Das Hotel war hermetisch abgeriegelt, und alle Ausflüge wurden streng überwacht. Aber es machte keinen Spaß, sich unter ständiger Bewachung zu

sonnen. Aus diesem Grund ging Frank nicht zur Tauch-
schule, er nahm nicht an der Kamelsafari teil und wollte
sich auch nicht am Tischtenniswettbewerb beteiligen, obwohl er gut Tischtennis spielte. Nur für den Ausflug zu den
Pyramiden hat er sich dann doch eingeschrieben. Es war
eine gute Gelegenheit, das Hotel mindestens für einen Tag
zu verlassen.

Nach einer vierstündigen Busfahrt wurde ihre Gruppe in
der Nähe der Pyramide ausgeladen. Vor dem Bauwerk standen bereits mehrere Touristengruppen in einer Schlange.
Der Eingang in das Pyramideninnere hat Frank überhaupt
nicht gefallen. Ein klitzekleines Türchen, wie für Zwerge
gebaut, führte in ihr Inneres, obwohl die Pyramide an sich
riesengroß war. Da drin, erklärte ihnen der einheimische
Reiseführer, würden die Überreste einer Mumie liegen, die
mehrere tausend Jahre alt sei. Deswegen müssten alle jetzt
da hineinkriechen, um sich diese Reste anzuschauen.

Der Weg zur Mumie war beschwerlich. Anfangs konnte
sich Frank noch gebückt nach vorne bewegen, doch mit jedem Schritt wurde der Durchgang enger. Und egal wie sehr
er sich bückte, die Decke hing immer tiefer über seinem
Kopf. Bereits nach fünfzig Metern mussten die Touristen
auf Knien in der Dunkelheit weiterkrabbeln. Frank kroch
mutig in die Pyramide, doch je länger er kroch, desto kla-
rer wurde ihm die prekäre Lage seiner Touristengruppe. Die
Menschen schlüpften nacheinander in einen sehr engen

Gang, es waren Touristen aus verschiedenen Ländern, die sich in keiner gemeinsamen Sprache verständigen konnten.

»Wenn auch nur einem von ihnen schlecht wird, wenn jemand zum Beispiel Platzangst hat oder einen Schlaganfall bekommt, dann stecken wir alle für die nächsten tausend Jahre in der Pyramide fest«, dachte Frank.

Kaum hatte er das gedacht, kam es zum Stau. Seine Gruppe war auf eine andere Touristengruppe gestoßen, die bereits von der Mumie kam und gerade zurückkroch, also in der entgegengesetzten Richtung unterwegs war, während hinter Franks Kolonne bereits die nächste in die Pyramide vorrückte. Es war aussichtslos. Die Reiseführer beschimpften einander auf Ägyptisch und mussten anscheinend erst einmal herausfinden, wer von ihnen der größere Blödmann war. Frank steckte die ganze Zeit mit dem Kopf im Hintern einer Deutschen, die, anders als die meisten Frauen in der Gruppe, einen kurzen Rock statt Jeans trug. Die Menschen konnten trotz der Enge nicht ruhig stehen, sie taumelten ständig hin und her. Dadurch bekam Frank immer wieder einen Tritt von hinten und stieß ungewollt mit dem Kopf an den Hintern der Deutschen. Sie sagte immer »Wau!« und: »Passen Sie doch auf, Sie Trottel.« Frank sagte nur immer wieder »Tut mir leid«. Für einen längeren Satz hatte er nicht genug Luft.

So haben sie sich kennengelernt. Es war das sexistischste Abenteuer seines Lebens. Nach und nach zerrten die Ägyp-

ter die Touristen aus der Pyramide wieder an die frische Luft. Und mittlerweile hatten die Deutsche – sie hieß Yvonne-Undine – und Frank das Gefühl, sie hätten bereits das halbe Leben zusammen verbracht. Frank schaute Undine von vorne an und stellte fest, dass sie auch von der anderen Seite eine sehr attraktive Erscheinung war. Sie verabredeten sich zum Frühstück.

# Liebeserklärung an die Russen

Ein alter Mann in einer bayerischen Kleinstadt beschwerte
sich neulich, er könne seinen Enkelkindern gar nichts über
seine wilde Jugend erzählen, darüber, wie romantisch er
damals gefeiert hatte und den Mädchen hinterhergelaufen
war.

»Das war doch während der Nazizeit, Opa!«, ekelten sich
seine Enkelkinder. »Wie konntest du unter den Nazis bloß
glücklich sein und Feste feiern? Bist du ein Nazi gewesen?«

»Aber es war doch meine Jugend, die hat man nur einmal im Leben! Niemand wird gefragt, in welchem politischen System er seine Jugend verbringen möchte«, konterte
der Alte.

Seine Enkel hatten kein Verständnis für diese Ausreden.

Ich konnte seine Sorgen gut nachvollziehen. Meine Jugend fand in der kommunistischen Diktatur statt, in einem
prüden Land voller Tabus und Verbote. Von irgendeiner Le-
benserotik keine Spur. Erotische Szenen waren bei uns weder im Alltag noch in Filmen vorgesehen. Auch in ausländischen Filmproduktionen, die es zu uns über die hohe Mauer

der Zensur geschafft hatten, waren alle Schauspieler stets angezogen. In dem amerikanischen Spielfilm *Mackenna's Gold*, der auch bei uns lief, sprang ein verliebtes Pärchen von einem Felsen nackt ins Wasser, wobei man das jeweilige Hinterteil der beiden gut sehen konnte. Ich weiß von Menschen, die sich diesen Film zehn Mal anschauten, allein des Sprunges wegen.

All das änderte sich, als Gorbatschow an die Macht kam. Er wollte das Land vor dem Untergang retten. Zu seiner Umbaupolitik gehörte nicht nur eine wirtschaftliche Modernisierung, auch die Gemüter der Menschen, ihr Blick auf die Welt sollten sich ändern. Die Bürger sollten sich entspannen und nicht immer so verkrampft aus der Wäsche gucken. Im Fernsehen wurden die sogenannten Fernsehbrücken organisiert, bei denen sich Russen und Amerikaner über das Leben auf beiden Seiten des Planeten austauschen konnten. Gleich bei der ersten Fernsehbrücke kam es zu großen Missverständnissen. Auf die Frage eines Amerikaners, wie es in der Sowjetunion mit dem Sex aussähe, antwortete eine vornehme Dame der russischen Seite, so etwas Unsinniges wie Sex gäbe es in der Sowjetunion überhaupt nicht. Die Amerikaner lachten, die Russen lachten ebenfalls. Es war eben ein Missverständnis. Natürlich hatten die Russen einander geliebt, miteinander geschlafen und Kinder gemacht. Doch diesen amerikanischen »Sex« haben sie dafür nicht gebraucht.

Amerikaner neigen dazu, aus allen menschlichen Lüsten und Leidenschaften ein Business zu machen. So erfanden sie »Sex« als Wirtschaftszweig mit dazugehörigem Warensortiment: Sexshops, Sexspielzeug, spezielle Sexunterwäsche und natürlich Sexfilme. Zu Zeiten der Perestroika schickten die hinterhältigen Amerikaner humanitäre Hilfe nach Russland, unter anderem Kondome in XXL-Größe, um bei der Bevölkerung einen Minderwertigkeitskomplex zu erzeugen. Die Russen reagierten gekränkt.

Im Sinne der Modernisierung der Gemüter beschloss die sowjetische Führung eines Tages, einen ausländischen Erotikfilm im Staatsfernsehen zu bringen. Nur welchen? Amerikanische Produktionen schienen den Machthabern für den Anfang zu hart. Der Film sollte die Bevölkerung nicht gleich verderben oder unnötig aufreizen. Er sollte eher wie eine Liebeserklärung an alle Russen verstanden werden und die Menschen neugierig machen auf eine Zukunft, die zur damaligen Zeit ungewiss und nebelig schien.

Nach einiger Überlegung wurde zu diesem Zweck eine deutsche Filmproduktion gewählt. Aus heutiger Sicht war dieser Film ein Fels der Unschuld: Gut aussehende Jungs und Mädchen zogen sich irgendwo auf der Alm gegenseitig aus und trieben es miteinander, sachlich und diskret, ohne übermäßig laute Geräusche von sich zu geben. Doch die Zauberkraft der Kunst liegt gerade darin, dass man ihre Folgen nie abschätzen kann. Manchmal produ-

zieren große Werke kaum Emotionen, während kleine un-
bedeutende Filmchen einen Vulkan zum Ausbruch bringen
können.

Der Film mit dem unübersetzbaren Titel *Unterm Dirndl*
*wird gejodelt*, in der russischen Fassung *Svuki is pod Jubki* –
Geräusche aus dem Rock –, stürzte das Land in eine Phase
tiefer Nachdenklichkeit. Nichts war mehr wie früher. Man
kann aus heutiger Sicht nur raten, was die Russen in diesem
harmlosen Film gesehen haben: die verpassten Chancen
ihrer Jugend? Die verlorene Lebenszeit, die sie dem Aufbau
des Kommunismus geopfert hatten, während es andere irgendwo auf der Alm wie die Kaninchen trieben? Nach diesem Film war es auf jeden Fall unmöglich geworden, in dem
entwickelten Sozialismus wie bisher weiterzuleben und zu
arbeiten. Das Land fiel auseinander. Wilde kapitalistische
Zeiten brachen an, und Pornofilme aus aller Welt eroberten
die Videoshops und Fernsehprogramme. Nun vögelte jeden
Abend die große Emmanuelle mit kleinen afrikanischen
Völkern und nordischen Fußballmannschaften, oder skur-
rile Darsteller wie Long Dong Silver hielten »den längsten
Schwanz der Welt« in die Kamera.

Doch all diese neuen Helden haben auf die Russen keinen
großen Eindruck gemacht. Sie wollten lieber das Geräusche
machende »Dirndl« noch einmal sehen. Es wurde aber nicht
mehr gezeigt, seine Zeit war abgelaufen. Seitdem gab es in
Russland zig Versuche, diesen Film in Eigenproduktion

neu zu drehen. Es gibt nämlich auch in Russland genügend schöne Gebirgslandschaften. Dutzende Jungs und Mädchen fuhren in die Berge, stellten eine Kamera auf, zogen sich gegenseitig aus, fassten sich an – und nichts passierte. Jeder Versuch, das »Dirndl« nachzumachen, scheiterte.

# Die schöne Elena

St. Petersburg sei eine sehr schöne Stadt, vielleicht die schönste Russlands. Aber ohne Menschen wäre die Stadt noch schöner, meinte einmal ein berühmter russischer Dichter. Dasselbe würde auch auf Venedig oder Brügge zutreffen, nur hatten die Architekten beim Bau dieser Städte die Einwohner berücksichtigt und einkalkuliert. St. Petersburg war von einem überaktiven russischen Zaren als »Fenster nach Europa« gebaut worden. Es war ein verzweifelter Versuch, das Licht der Aufklärung im sumpfigen Norden zu entzünden. Die Stadt war zunächst ohne Einwohner gebaut worden, Menschen sollten erst später dort hingebracht und einquartiert werden. Vielleicht sehen sie deswegen noch heute wie Touristen aus, die nur kurz angereist sind, um die Schlösser und Kathedralen zu bestaunen.

Und doch diente diese Stadt seit ihrer Entstehung als Magnet für die Jugend. Wie Motten von einer Glühbirne wurden sie aus ganz Russland von St. Petersburg angezogen. Junge Männer aus kleinen Provinzstädten suchten hier das großstädtische Leben, junge Frauen suchten interessante

Männer, die es angeblich von überallher an diesen Ort zog, sogar aus dem Ausland. Keine andere Stadt hatte so viele ausländische Gäste wie St. Petersburg.

Die schöne Elena war aus Nikolajewsk angereist, einer alten Stadt, wo es im Zentrum noch Holzhäuser gab und auf dem zentralen Platz statt einer Kathedrale ein golden bemaltes Lenin-Denkmal. Die Farbe war allerdings schon im vorigen Jahrhundert abgeblättert, als hätte der Führer des Proletariats eine Hautkrankheit bekommen. Er sah ungesund aus. Auf seinem Sockel stand eine Zeile aus der »Internationalen«: »Völker, hört die Signale«. Doch beim Anblick dieses abgeblätterten Lenins war jedem klar: Irgendetwas war schiefgegangen. Entweder hatten die Völker die Signale schlecht gehört, oder sie hatten sie missverstanden und Nikolajewsk verlassen. Wahrscheinlich Richtung St. Petersburg.

Elena eilte den Völkern der Welt hinterher. Sie versuchte zuerst, an der Uni Philosophiestudentin zu werden, was jedoch nicht klappte, da es in dem Jahr zu viele Bewerber und zu wenig Studienplätze gab. Zurück zu Lenin mochte sie aber auf keinen Fall. Die Perspektiven, die ihre Geburtsstadt ihr bieten konnte, waren zu überschaubar. Es gab dort eine Holzverarbeitungsfabrik, eine Milchproduktion und eine Textilfabrik, in der die Mutter von Elena gearbeitet hatte. Als Elena mit der Schule fertig war, organisierte ihre Mutter für sie dort einen Arbeitsplatz. Ein Jahr

lang hatte Elena persönlich die Produktionslinie bedient, in der die Männerstrümpfe »Russlan« und die Frauensocken »Sandra« hergestellt wurden. Genau genommen war es nur eine kleine Strumpffabrik innerhalb der Textilproduktion, die Socken in allen Farben des Regenbogens sowie mit und ohne Muster lieferte – karierte Socken, Socken mit Dreiecken oder mit kleinen Kühen darauf. Aus unerfindlichen Gründen hasste Elena diese Socken, vor allem die gestreiften Männerstrümpfe »Russlan«, die sich unter den männlichen Einwohnern der Stadt großer Beliebtheit erfreuten. Diese waren in ihren Augen das Inbild von Provinzialität. Elena konnte sich ein weiteres Leben in dieser Stadt nicht vorstellen. Sie sparte etwas Geld und sagte zu ihrer Mama tschüss.

»Wenn das Geld alle ist, kommst du zurück«, prophezeite die Mutter. Nach ihrem Desaster mit der Uni mietete sich Elena mit ihrem letzten Geld für einen Monat ein kleines Zimmerchen und ging tagaus, tagein zu der schönen Treppe vor der Kasaner Kathedrale. Sie hatte keinen Plan, nur die bloße Hoffnung, die Völker der Welt würden sie erkennen und ihr ihren rechtmäßigen Platz im Leben gewähren. St. Petersburg hatte sehr viele schöne Ecken, an denen die Völker der Welt zu finden waren, aber nirgendwo konnte man sich so vorteilhaft hinsetzen wie auf die Treppe vor der Kasaner Kathedrale. Elena sah fantastisch aus. Eine Blondine mit langen Haaren, blauen Augen und einem dicken

Buch auf den Knien. Ein wahres Denkmal der Bildung und Schönheit.

Sie saß auf der Treppe und studierte die Touristen. Die chinesischen Besucher, die zu der Kathedrale marschierten, trugen alle weiße Socken. Sie bewegten sich in Gruppen – Männer mit Männern, Frauen mit Frauen – und benahmen sich wie Synchronschwimmer. Sie blieben stehen, schauten erst alle nach links, dann alle nach rechts, machten Fotos und gingen gleichzeitig weiter, auch wenn sie keinen Reiseleiter dabeihatten. Sie trugen kleine Rucksäcke auf dem Rücken, die sie niemals abnahmen, auch wenn sie sich kurz auf die Treppe oder in eines der Cafés setzten. Vielleicht trugen sie darin eine Art mobilen Reiseleiter, der ihnen mit elektrischen Impulsen die Richtung vorgab, überlegte Elena. Vielleicht aber taten die Chinesen auch nur so, als wären sie Touristen und sammelten in Wahrheit Informationen über fremde Länder. Sie fotografierten die ganze Welt ab, um sie später bei sich in China nachzubauen: Sie fotografierten die Kathedrale und die Gebäude um den Platz herum, sie fotografierten die Eisbude, und sie fotografierten sogar Elena, ohne sie um Erlaubnis zu fragen.

Die Kathedrale und die Schlösser konnten die Chinesen irgendwo bei sich nachmachen, aber was würden sie mit den Fotos von ihr machen?, überlegte die naive Elena. Sie konnte natürlich nicht wissen, dass es im Hauptcomputer der »Pekinger Zentrale zum Abfotografieren der Welt« eine

riesengroße Datei namens »Blondinen St. Petersburgs« gab, in der sie alle abgespeichert wurden.

Das zweitgrößte Touristenvolk auf dem Platz vor der Kathedrale waren Russen aus der Provinz. Die Männer trugen schwarze Socken ohne Muster, starrten Elena an und stellten ihr Fragen. Sie wollten von ihr wissen, wo das Denkmal des ehernen Reiters stand, wie weit es von hier zu Fuß sei, was für ein Buch sie da lese, wie sie heiße und ob sie am Abend schon etwas vorhabe. Sie baten höflich um ein Foto mit ihnen zusammen, aber ihre Frauen wurden schnell eifersüchtig, und manchmal kam es zu Szenen.

Am lautesten waren die Osteuropäer aus dem Süden, Rumänen oder Bulgaren. Manche von ihnen trugen überhaupt keine Socken, wollten aber Elena gleich zu einem Eis einladen. Seltener kamen Touristen aus den reichen Ländern Europas, Deutsche oder Italiener. Sie trugen die ekelhaftesten Strümpfe – gemustert, kariert, gestreift oder gar mit orangefarbenen Enten drauf. Ihr Geschmack war nicht nachvollziehbar. Elena konnte sich nicht einmal im Albtraum vorstellen, was einen erwachsenen Mann dazu verleiten konnte, Strümpfe mit Enten zu tragen. Sie ging auf die vielen dämlichen Anmachversuche nicht ein, sondern lächelte nur und vertiefte sich in ihr Buch. Manchmal blickte sie in die Sonne oder lachte Unbekannte an.

Die Deutschen waren die höflichsten. Sie benahmen sich, als wäre Elena ein Teil der Kathedrale, vielleicht sogar der

tragende Teil dieses Architekturdenkmals – wie das Pferd und der Speer des ehernen Reiters. Die Italiener waren die Lustigsten, die Sonnenkinder Europas. Sie lachten, fragten wie sie hieß, setzten sich zu ihr und wollten sie sofort nach Mailand einladen.

Zwei Wochen später rief ihre Mutter aus Nikolajewsk an. »Du warst im Fernsehen«, berichtete sie. Die Mama und ihr neuer Mann waren vor Aufregung beinahe vom Sofa gefallen. In der Sendung »Von ganzem Herzen« war das Foto von Elena gezeigt worden. Der Italiener Mario aus Palermo hatte das Mädchen gesehen, sich unsterblich verliebt und suchte sie nun mit Hilfe dieser Sendung. »Schöne Unbekannte, melden Sie sich bitte bei uns in der Redaktion!« Eine Telefonnummer wurde eingeblendet.

»Ich habe die Nummer aufgeschrieben«, meinte die Mutter. Die Sendung »Von ganzem Herzen« war die älteste Sendung des russischen Fernsehprogramms und lief seit 1971, einer Zeit, in der die Sowjetunion noch das größte Land der Welt war, nicht das Internet. Die Sendung wurde von einer sehr herzlichen Dame namens Valentina moderiert, die auf dem Höhepunkt immer mit pathetischer Stimme rief: »Ich bitte die Glücklichen auf die Bühne!« Dort trafen sich Menschen vor der Kamera, die einander vor vielen Jahren verloren und vergeblich versucht hatten, sich wiederzufinden: Zwillingsbrüder, die bei der Geburt getrennt und in verschiedene Städte gebracht wurden, die erste Schulliebe, die

einem dreißig Jahre später beim Anblick des Klassenfotos erneut das Herz gebrochen hatte, Mütter, die ihre vermissten Kinder suchten. Das ganze Land klebte an der Glotze und weinte mit den Glücklichen.

Oft wurden in der Sendung aber auch Menschen zusammengeführt, die das gar nicht wollten. Darüber machte der Volksmund zynische Witze: »Vor dreiunddreißig Jahren hat Frau Petrowa abgetrieben, doch das Kind hat überlebt! Begrüßen Sie mit mir Peter Alexandrowitsch! Ich bitte die Glücklichen auf die Bühne!«

Das neue Zeitalter des Internets machte die Befüllung der Sendung allerdings immer schwieriger. Das ganze Land war nun in eine flauschige Decke sozialer Netzwerke gewickelt, und man brauchte keine Valentina mehr, um seine Schulliebe oder abhandengekommene Familienangehörige zu finden. Außerdem wurden die Redakteure mit einem neuen Phänomen konfrontiert: Die Menschen hatten im wilden Kapitalismus plötzlich überhaupt keine Lust mehr aufeinander. Die im ganzen Land gesuchten Angehörigen waren nicht mehr willens, ihre Verwandten nach Jahren plötzlich wiederzutreffen. Der verschollene Sohn wollte seine Mutter nicht sehen. Er kam zwar in die Sendung, denn die Redaktion hatte ihm als Gegenleistung eine Woche Moskau-Aufenthalt in einem guten Hotel und mit Essenspauschale geboten, seine Mutter wollte der Sohn jedoch nicht umarmen. »Sie kann mich mal«, sagte er in die Kamera zu den Redak-

teuren. Er hatte als Soldat in Tschetschenien gekämpft, war zurückgekehrt und hatte feststellen müssen, dass die Mama ihre gemeinsame Wohnung verkauft und das ganze Geld in eine Finanzpyramide investiert, es Schurken und Abzockern auf einem silbernen Tablett serviert hatte, ohne ihn um Erlaubnis zu fragen. Also zog der Soldat nach Süden, ohne seiner Mutter auf Wiedersehen zu sagen.

Immer öfter begannen die »Glücklichen« gleich auf der Bühne zu streiten. Man hätte die Sendung in »Schrei mich nicht an« umbenennen können. Die Fernsehredaktion wusste, um mit der Zeit zu gehen, musste sich das Programm ändern. Nur in welche Richtung, war unklar. Die Redaktion blickte nach Amerika und Europa, wo etliche Sendungen liefen, in denen Menschen andere Menschen suchten: Bauern suchten Frauen, Schwiegermütter suchten Schwiegersöhne, dicke Menschen suchten andere Dicke, um gemeinsam mit ihnen noch dicker zu werden usw. Also verwandelte sich »Von ganzem Herzen« aus einer Suchsendung mit Herz in eine Kuppelshow. Männer, die es nicht über sich brachten, eine Frau nach ihrer E-Mail-Adresse oder ganz frech nach ihrer Telefonnummer zu fragen, aber ein Foto oder einen anderen Hinweis hatten, wo die gesuchte Person sein könnte, riefen beim Sender an, und die Redakteure starteten eine Fahndungsaktion.

Elena fand die Suchanfrage in der Mediathek und schaute sich den Italiener Mario an. Er war überhaupt nicht ihr Fall.

Klein, blond und mit braunen Augen hatte er ein für Italiener eher untypisches Aussehen. Sie rief trotzdem beim Sender an und schickte ihr Foto. Die Redaktion freute sich und bot gleich einen Termin für die Aufnahme an.

»Wir wollen eine romantische Liebesgeschichte: Eine russische Schönheit aus der Stadt Nikolajewsk hat dem italienischen Studenten das Herz gebrochen. Und wir werden sie live im Studio zusammenbringen!«

»Also ich kann Ihnen jetzt schon sagen, es wird keine Liebesgeschichte geben. Der Italiener ist überhaupt nicht mein Typ, ich kann mit ihm nichts anfangen«, warnte Elena am Telefon.

»Das macht überhaupt nichts«, beruhigte sie die Redaktion. »Sie müssen sich nur einmal bei uns im Studio treffen. Sie müssen nicht einmal reden, nur eine halbe Stunde lang freundlich lächeln. Was Sie danach mit Ihrem Italiener machen, geht uns nichts an. Sie können ihn mitnehmen, wegschmeißen oder in der Tüte rauchen, ist uns egal. Sie bekommen von uns eine Woche Hotelaufenthalt für zwei Personen, Essenspauschale, und Ihre Reisekosten werden erstattet. Überlegen Sie es sich schnell, und melden Sie sich wieder«, sagte der Redakteur und legte auf.

Warum nicht, dachte Elena spontan. Vielleicht war der Italiener gar nicht so blöd, wie er aussah. Sie fuhr zusammen mit ihrer Mutter nach Moskau. Beide waren noch nie in der Hauptstadt gewesen und verbrachten eine schöne

Woche. Sie gingen in den Zoo, in den Kulturpark und ins Majakowski-Theater. Nach der Woche hatten sie Moskau jedoch satt. Die Essenspauschale war mickrig, die Stadt hektisch und teuer. Die Menschen auf der Straße rempelten einander beinahe an und machten ein Gesicht, als kämen sie zu spät zum wichtigsten Vorstellungsgespräch ihres Lebens.

»Wo ist nun dein Mafioso?«, witzelte die Mutter. »Er hätte uns ja mal zum Essen einladen können.« Doch die Redaktion hatte darauf bestanden, dass sich »die Glücklichen« vor der Sendung nicht begegnen durften.

Die Show wurde an einem Freitagabend aufgezeichnet, und alles lief wie am Schnürchen. Der Italiener kam als Erster ins Studio, er trug dieselben Klamotten wie auf dem Foto.

»Dieser Mann kann seit einem Monat nicht mehr schlafen und ist sogar aus Palermo angereist, um seine Traumfrau zu treffen. Nie hätte er geglaubt, dass die Redaktion es schaffen würde, das Mädchen zu finden. Aber es geschehen noch Wunder auf dieser Welt, solange man sie sich von ganzem Herzen wünscht! Wir bitten Elena auf die Bühne!«, verkündete der Moderator.

Elena kam kichernd aufs Podium. Die beiden grüßten und umarmten sich und setzten sich auf ein Sofa. Elena schaute auf Marios Füße und dachte, das könne nicht wahr sein. Der Junge trug die gestreiften Strümpfe »Russlan«. Der Italiener erzählte, wie froh er sei, Elena wiederzusehen. Seine Strümpfe flüsterten: »Egal wo du hingehst, Mädchen,

uns wirst du nicht entkommen.« »Nein, nein und noch mal nein!«, rief Elena laut, stand auf und lief aus dem Studio.

Noch am selben Tag verließ Elena mit ihrer Mutter Moskau. Die Mutter fuhr zurück nach Nikolajewsk. Elena fuhr nach St. Petersburg, um weiter auf der Treppe zu sitzen. Den Italiener, Mario aus Palermo, hat sie nie wiedergesehen. Einen Monat später hat sie einen Deutschen mit vernünftigen Socken kennengelernt und ist nach Düsseldorf gezogen.

# Eva und die Seemänner

1945 war der Krieg offiziell vorbei. Die Kanonen schwiegen, und die Soldaten, die überlebt hatten, kamen nach Hause. Für große Teile der zivilen Bevölkerung ging der Kampf ums Überleben aber weiter. Meine Großmutter Eva erhielt in ihrem Evakuierungsquartier in Samarkand von den offiziellen Stellen drei Nachrichten hinsichtlich des Ablebens ihres Ehemannes. Laut diesen Berichten soll mein Großvater zwei Mal im Krieg gefallen und einmal als vermisst gemeldet worden sein. Mehr kann eigentlich kein Staat von einem Soldaten erwarten. Nach Auskunft des Mobilisationskomitees war Adam einmal im Juli 1943 bei der Schlacht um die Stadt Kursk gefallen, ein halbes Jahr später noch einmal in der Ukraine, zweihundert Kilometer westlich von Kursk. Und schließlich war er dort auch noch nach einer anderen Auskunft mit seiner Einheit vom Feind umzingelt worden und galt deswegen als vermisst.

Von allen drei Bescheiden schenkte die Großmutter der Vermisstenmeldung ihren Glauben. Sie gab die Hoffnung nicht auf, ihren Mann irgendwann zurückzubekommen.

Sie fuhr auch nicht gleich nach Moskau, damit er, wenn er plötzlich auftauchte, wusste, wo er seine Familie zu suchen hätte. Eine Rückreise nach Moskau aus Samarkand erwies sich ohnehin als schwieriges Unterfangen. Laut den damaligen Gesetzen brauchte man eine Einladung, um aus der Evakuierungszone zurückzukehren. Doch niemand lud die Großmutter nach Hause ein. Der verloren gegangene Adam ließ auf sich warten, Freunde und Verwandte meldeten sich nicht.

Erst nach einem Jahr gelang es Eva, mit einem alten Freund von Adam, einem Seemann, Kontakt aufzunehmen. Er hatte für Moskau eine Anmeldung und schickte ihr die nötige Einladung. 1946 kehrte Eva mit ihren zwei Töchtern zurück in die Hauptstadt, wo ihre Wohnung auf dem Kirow Boulevard längst von anderen Leuten besetzt worden war. Sie wohnten zuerst bei dem Freund ihres Mannes, dem Seemann. Später gelang es ihr, mit Mühe und Hilfe weiterer Seemänner, ein eigenes Zimmer im Erdgeschoss eines Hauses auf dem Kirow Boulevard zu bekommen. Das Haus gehörte der Kooperative der Seeleute. Ein Nachbar, ebenfalls ein Seemann, half ihr, Arbeit in der Kantine der Marineakademie zu finden. Auf einmal fühlte sich die Familie wie auf einem Schiff – umgeben von Seemännern, die ihnen halfen.

Ihre ganze Freizeit widmete Eva der Erziehung ihrer beiden Töchter. Sie kamen gerade in ein Alter, in dem man anfing, sich für die wirklich wichtigen Dinge im Leben zu

interessieren. Für die Liebe zum Beispiel. Die Töchter mit ihrem Altersunterschied von drei Jahren benahmen sich äußerst unterschiedlich. Die Ältere war romantisch und verträumt, die Jüngere rebellierte pausenlos. Die Ältere las bevorzugt dicke Liebesromane, in denen reihenweise wahre Gefühle an den Unzulänglichkeiten des Alltags und dem bösen Willen der Außenwelt scheiterten. Die Jüngere las nicht, sondern ging lieber jeden zweiten Tag ins Kino und an den See – im Sommer, um Boot zu fahren, im Winter, um auf dem Eis Schlittschuh zu laufen. Die Ältere saß am Fenster der Kellerwohnung und betrachtete stundenlang die Füße der vorbeigehenden Passanten auf dem Kirow Boulevard. Sie unterschieden sich kaum voneinander. Es sah aus, als würde pausenlos ein Tausendfüßler draußen vorbeilaufen, dessen Füße zur Hälfte in Armeestiefeln, zur Hälfte in spitzen Frauenschuhen steckten.

Mit dreiundzwanzig kam sie zu dem Schluss, die Liebe sei ein Wunder und somit von Menschen nicht beeinflussbar, egal was man tat und wie sehr man nach ihr strebte. Die Liebe konnte man nicht an einer Bushaltestelle oder im Kino oder in einem Café finden. Sie fand dich, wenn sich die Planeten in der richtigen Linie aufreihten. Dann, wenn die Sterne es wollten, holte dich die Liebe ab, sie fand dich überall, selbst in der Kellerwohnung der Kooperative »Seemann« auf dem Kirow Boulevard. Oder sie holte dich nicht ab, das war natürlich auch möglich. Dann war es dein

Schicksal, die besten Jahre vor dem Fenster zu verbringen und zu beobachten, wie sich der Tausendfüßler je nach Jahreszeit andere Schuhe anzog. So dachte die ältere Schwester.

Die Jüngere pfiff auf die Sterne. Sie wollte ihr Schicksal nicht irgendwelchen Planeten überlassen. Sie ging jeden Abend aus und lernte überall Jungs kennen. Im Kino, in den Cafés, an der Bushaltestelle. Die jüngere Schwester glaubte an den Zufall. Alles im Leben geschah ja doch zufällig. Unbeabsichtigt kamen Menschen auf die Welt, durch Zufall lernten sie einander kennen, von der eigenen Hilflosigkeit angetrieben irrten sie durch die Welt, bis sie irgendwann plötzlich starben. Auch alle wichtigen Entdeckungen und Erfindungen wurden zufällig gemacht. Die großartigsten Gedanken entstanden zufällig. Warum also nicht auch die Liebe? So dachte die jüngere Schwester. Sie lernte in der Tat viele gute Freunde kennen, aber die echte Liebe war nicht dabei.

Eva bekämpfte den Leichtsinn ihrer jüngeren Tochter mit der ganzen Kraft ihres Mutterherzens.

»Du benimmst dich wie eine unanständige Frau«, schimpfte sie. »Jeden Tag gehst du mit einem anderen aus, als wärst du nicht meine Tochter. Ich habe meine Leidenschaft ein Leben lang behalten«, behauptete Eva.

»Welche denn? Die Matrosen?«, spottete die jüngere Schwester.

»Wenn du dich so weiter aufreibst, werden wir uns leider nach dem Tod nicht mehr sehen können«, erklärte Eva ein-

mal. Sie hatte während des Krieges angefangen, an Gott zu glauben. »Du wirst nämlich in der Hölle brennen.«

»Du kannst mich ja besuchen kommen aus deinem Paradies«, bekam sie zur Antwort. »Und bring ein paar Matrosen mit!«

Die ältere, romantische Tochter wurde ihr immer wieder als Beispiel von Gutmütigkeit vorgestellt. Mit achtzehn zog die Jüngere aus der Kellerwohnung aus. Sie konnte es nicht mehr ertragen, mit ihrer Mama täglich über ihr Privatleben zu streiten. Ein großartiger Mann, ein Geologe, nahm sie als Köchin mit auf eine Expedition nach Sibirien. Die Ältere traf während des Studiums im Maschinenbauinstitut auf ihre große Liebe. Es war genauso, wie sie es sich vorgestellt hatte: wie ein Blitz, ein Sturm, ein Naturereignis. Sie konnte nicht widerstehen. Die Sterne waren an allem schuld. Allerdings war die Liebe zwanzig Jahre älter, verheiratet, wurde im Krieg schwer verletzt und arbeitete als Dozent für Marxistische Lehre im Maschinenbauinstitut.

»Du hast dich in einen verheirateten Mann verliebt?«, regte sich Eva fürchterlich auf. »Du, meine Tochter?«

»Was soll ich tun, Mama? Dem Herzen kann man keine Befehle erteilen«, redete die ältere Tochter auf sie ein. »Soll ich mich vielleicht umbringen?«

»Es wäre besser, ich hätte gar keine Tochter gehabt«, schimpfte Eva wütend. Sie litt schon jetzt unter der bevorstehenden Einsamkeit im Paradies.

Die jüngere Schwester kam aus Sibirien zurück, mit einem anderen Geologen, der sie anbetete. Er stand jeden Tag extra eine halbe Stunde früher auf, um ihr Kaffee im Bett zu servieren. Sie konnte ihn kneten und biegen, wie sie wollte.

Die Ältere erlitt einen herben Schlag. Ihre verheiratete Liebe starb mit 53 Jahren an seinen Kriegsverletzungen. Eine Leere blieb, die mit nichts zu füllen war. Einmal ging die ältere Schwester allein im Gorki-Park spazieren. Die Jugend lief laut lachend durch die Anlage, die ältere Schwester war gerade 35 Jahre alt geworden, das Leben schien vorbei. Neben der Attraktion »Das Moskauer Teufelsrad« wurde sie von einem lustigen brünetten Mann angesprochen: Er käme aus der Provinz, sei neu in Moskau und habe Angst, allein in das Teufelsrad zu steigen. Ob sie ihm nicht Gesellschaft leisten wolle? Karten habe er bereits. Ihr war alles egal, sie stieg mit ihm ins Teufelsrad. Zwei Monate später heirateten die beiden, neun Monate später kam ich auf die Welt. Eva schüttelte nur den Kopf und sagte gar nichts.

PS: Was ist nun Liebe – Schicksal oder Zufall? Ein langer Weg führt zur Erkenntnis. Es gibt auf diesem Weg keine Abkürzung, keine öffentlichen Verkehrsmittel und zum Glück auch keine Kontrolleure. Fakt ist, oft nimmt die Liebe krumme Pfade, Landstraßen statt Autobahnen, und der Zufall wiegt oft mehr als eine gut organisierte Suchaktion. Wer herausfindet, warum das so ist, sollte einen Nobelpreis bekommen.

PPS: Der Nobelpreis ist übrigens auch durch einen Zufall entstanden. Als in Russland der Bruder von Alfred Nobel starb, dachten die Journalisten, das alte Schwein Alfred, der Dynamitmann, sei tot. Sie holten also ihre bereits seit langem fertigen Nekrologe aus den Schubladen, wodurch der noch höchst lebendige Alfred erfuhr, was die Welt von ihm hielt. Fortan beschloss er, nur noch Gutes zu tun, um etwas für seinen Nachruhm zu tun, und stiftete den Nobelpreis.

PPPS: Elvis Presley wollte eigentlich Radfahrer werden. Seine Eltern hatten aber kein Geld für ein Fahrrad und kauften ihm stattdessen eine Gitarre, die ein Nachbar ihnen gerade günstig anbot. Meine Großmutter hasste Elvis Presley. Sie tanzte gern Tango. Ihren siebzigsten Geburtstag feierte sie im Restaurant »Der Seemann«. Sie trank ein wenig und tanzte viel. In der Nacht darauf erlitt sie einen Herzanfall und starb. Seither langweilt sie sich wahrscheinlich fürchterlich im Paradies.

Alle anderen Mädels sind noch da.

# Alle lieben Yoga

Am liebsten halte ich Gartenvorträge. Dabei erzähle ich von der Vielfalt der Flora in Brandenburg, von Brennnesseln und Stechäpfeln, die bei uns in jedem Garten gedeihen. Ich nehme die spontane Vegetation in Schutz wie der Vorsitzende Mao, der einmal gesagt haben soll: »Lasst alle Blumen blühen!« Solche Vorträge sorgen stets für gute Laune, sie geben positive Impulse und hindern die Menschen in den Großstädten daran zu verzweifeln.

Manchmal bin ich auch als DJ unterwegs und lege lustige russische Tanzmusik auf, die kein Mensch hierzulande kennt. Diese Musik ist hart. Sie flüstert nicht, sie schreit jedem Tänzer buchstäblich ins Ohr: »Sauf! Jetzt!« Die Menschen nehmen diese Botschaft ernst. Und so werden bei jeder Disko neue interessante Bekanntschaften geschlossen, die man bei Tageslicht vielleicht nicht eingehen würde. Ich vergesse oft, wen ich in der Disko kennengelernt oder welche Musik ich aufgelegt habe. Manchmal vergesse ich die Musik sogar ganz und spiele ein und denselben Song mehrmals hintereinander – das merkt keiner. Auf die Musik

kommt es bei der Party nicht an. Heutzutage hat schließlich jeder seine Lieblingsmusik auf Vorrat zu Hause. Auch dicke Flaschen mit Alkohol stehen in jeder Küche im Schrank. Aber tanzen und saufen ist insofern wie Liebe machen – man tut es nicht gern allein.

Neulich legte ich in Wiesbaden auf, und zwei wunderbare Menschen kamen mit zwei Weinflaschen zu mir auf die Bühne: eine zierliche Blonde, die sich als Viktoria vorstellte, und ihre Freundin, eine bodenständige Brünette.

»Ich tanze sehr gern«, erzählte Viktoria, »Ich bin Yogalehrerin. Tanzen ist wie Yoga. Es sieht gut aus und strengt die Muskulatur an.«

»Ich mag Sport auch«, sagte ich, »aber Yoga ist doch bloß ein Zeitvertreib, oder bringt das wirklich was?«

Viktoria war ein wenig beleidigt. »Pass auf!«, schrie sie mir ins Ohr. »Ich mache jetzt eine Brücke. Du musst mich nur halten, sonst knalle ich mit dem Kopf auf den Boden.«

Kaum hatte ich Luft geholt, um ihr diese Idee auszureden, schon umschlang Viktoria mit ihren Yogabeinen meine Hüfte und machte eine Brücke. Ich musste mit einer Hand Musik auflegen und mit der anderen Viktoria am Gürtel festhalten, damit sie nicht von der Bühne knallte. Ihre bodenständige Freundin schrie irgendetwas mit »blöde Kuh« und zerrte Viktoria von der anderen Seite am Kopf von der Bühne weg. Die Freundin gab sich Mühe und schaffte es

tatsächlich, die Yogalehrerin aus ihrer Hose zu ziehen. Das nahm unser Publikum mit Heiterkeit als tolle Showeinlage auf.

Zusammen mit der Brünetten versuchten wir danach, Viktoria zurück in die Hose zu stopfen. Doch wie man Zahnpaste nicht zurück in die Tube bekommt, so passte auch die Yogalehrerin nicht wieder in ihre enge Hose. Ich legte ein langes, trauriges Lied auf – »Wirf die Rosen nicht in den Schnee« –, nahm die Hose, Viktoria und ihre Freundin, und zusammen gingen wir zum Waschraum, wobei wir unterwegs noch eine Flasche Sekt mitnahmen, um alles wieder ins Lot zu bringen. Kaum steckte Viktoria wieder in ihrer Hose, machte sie im Waschraum einen Spagat. »Nein, bitte nicht!«, wollte ich schreien, aber zu spät: Viktoria saß schon im Spagat und schaffte es nicht wieder hoch.

Ich versuchte mit vollem Einsatz, sie aus dieser Position hochzuziehen, als plötzlich ein Mann in den Waschraum stürzte und schrie, er sei der Ehemann von Viktoria und wolle sofort von mir wissen, was wir hier machten. Ich sagte ihm wahrheitsgemäß, dass ich seiner Frau aus dem Spagat half. »Und wie, bitte schön, ist sie in den Spagat gekommen?«, ließ der Ehemann nicht locker. Er war anscheinend auch Yogalehrer, sprang im Waschraum herum und versuchte, mich mit neuen unbekannten Yoga-Übungen zu überraschen. Ich wehrte mich nach Kräften. Mehrere

Tänzer kamen zu uns in den Waschraum und berichteten, seit einer halben Stunde würde dasselbe Lied laufen und das Publikum sei längst gegangen.

Danach saß ich noch eine geschlagene Stunde mit meinen neuen Freunden an der Bar.

»Wirf die Rosen nicht in den Schnee-ee«, schmalzte der Sänger mit tiefer verrauchter Stimme.

»Ihr seid unsäglich faule, unsportliche Typen«, meinte Viktoria.

»Meine Frau ist ein wunderbarer Mensch«, ergänzte ihr Ehemann. »Aber wenn es um Yoga geht, verliert sie vollständig den Kopf.«

»Ich mag diese Diskotheken eigentlich nicht, aber deine ist lustig«, sagte die Brünette. »Wann kommst du wieder?«

# Unglückliche Schwester

Auf dem Höhepunkt ihrer Blütezeit hat die russische Revolution viele Blumen hervorgebracht, vor allem viele blumige Sprüche: dass alle Arbeiter Brüder seien, Solidarität der höchste Wert sei, dass unser Schicksal in unseren Händen liege, es unsere Pflicht sei, uns selbst zu ändern, und dass die Liebe allein die Welt retten werde, sobald sie von den Zwängen der kapitalistischen Gesellschaft befreit wäre. Es wurde nicht so sehr an den Kopf, sondern mehr ans Herz der Genossen appelliert.

Heute scheint es, als wären unsere Gefühle ein begrenzt vorhandener Rohstoff. Als würde jedem von uns nur ein bestimmtes Maß an Solidarität und Liebe gewährt, und manchmal reicht der Vorrat einfach nicht für das ganze Leben. Dann wird man mit dem Alter ganz unsolidarisch.

Die Liebe ist zusammen mit dem Sozialismus perdu gegangen. Sie ist nur noch selten im Leben und gelegentlich in der Folklore zu finden, dafür ist die Sehnsucht nach ihr umso größer geworden. Die materiell gestützte Lebensqualität hat sich dagegen stark verbessert. Lebensmittelläden

sind regalweise mit leckeren Sachen gefüllt, die Menschen müssen nicht alle das Gleiche tragen, sogar Rentner fangen an, sich für Mode zu interessieren, und fast alle haben heute ein Auto vor der Haustür stehen. Wahrlich keinen Porsche, aber immerhin. Es fährt.

Aus irgendeinem Grund können die Menschen einander aber nicht mehr leiden. Sie fahren ins Ausland, in der Hoffnung, dort vielleicht der Liebe zu begegnen. Russische Frauen fahren bevorzugt nach Ägypten, Tunesien und in die Türkei und lernen dort tatsächlich regelmäßig heiße Jungs kennen. Und ebenso regelmäßig werden sie in ihren Hoffnungen enttäuscht. Im Internet kursieren zahlreiche Berichte betrogener Russinnen über misslungene Liebesaffären mit islamischen Männern. Für jedes Land wurde im Netz eine sogenannte »Erkennungstafel« angelegt, ein Schwarzes Brett, auf dem die ägyptischen, türkischen, tunesischen und marokkanischen Liebhaber mit Foto, Namen und Arbeitsplatzadresse ausgestellt werden. Die dazugehörigen Geschichten lesen sich wie ein endloser herzzerreißender Frauenroman.

Der Grund, die eigene Geschichte niederzuschreiben, ist gut nachvollziehbar: um die anderen Frauen vor den Typen zu warnen. »Haltet euch von ihm fern, Schwestern« – so endet fast jede zweite Geschichte. Doch hinter dem rationalen Grund versteckt sich eine emotionale, eigene Enttäuschung: Man will Luft ablassen über den Mangel an Liebe auf der Welt. Die Männer, um die es geht, lassen sich grob

in zwei Kategorien einteilen. Die meisten sind Gigolos, die es auf das Geld der Frauen abgesehen haben. Sie arbeiten als Reiseführer, Barkeeper, Tanzlehrer oder noch schlimmer als Animateure in einem Hotel. Sie lernen Frauen »professionell« kennen, nach einer Methode, die, so glaube ich, in jedem Buch übers Flirten beschrieben wird: Sie mischen die Dosis aus Interesse und Gleichgültigkeit so lange miteinander, bis die Frau völlig desorientiert ist. Zuerst tun sie demonstrativ kalt, dann wollen sie sofort gemäß der heimischen Bräuche heiraten.

Die russischen Frauen werden dann traditionellerweise sofort der Familie vorgestellt. Eltern, Brüder und Schwestern sind begeistert von der Bekanntschaft und versichern unermüdlich im Chor: So ein hübsches Paar hätten sie in ihrem Leben noch nicht gesehen. Wenn die Frau dann dahinschmilzt, klärt der Gigolo sie über sein Problem auf. So verschieden die Jungs sind, so scheinen sie doch alle die gleichen Probleme zu haben. Entweder ist der Vater todkrank und braucht dringend eine sehr teure Niere, oder der Bruder hat einen Autounfall gebaut und muss dringend Schadenersatz zahlen, oder ein Geschäft läuft nicht rund – auf jeden Fall wird Geld gebraucht. Die Frau muss zahlen, um ihre angebliche Liebe zu retten. In der Regel unterhalten Gigolos drei bis vier Frauen gleichzeitig. In der Hauptsaison müssen ihre Eltern manchmal sogar zwei Schichten schieben, um alle Bräute zu empfangen.

Die andere Kategorie sind die Kavaliere. Sie sind nicht an Geld interessiert, sondern wollen mit möglichst vielen Frauen vögeln. Sie sehen in jedem Massentouristenhotel einen möglichen Harem. Diese Männer können einer Frau perfekt den Kopf verdrehen, werden allerdings als unglaublich narzisstisch beschrieben und erkundigen sich fünf Mal am Tag, ob sie auch wirklich gut im Bett seien oder ob es jemanden gäbe, der es besser machte. Und sie legen ihr Mobiltelefon selbst nachts nicht aus der Hand. Auch diese Männer wünschen sich die Ehe und würden gerne nach Russland kommen. Tatsächlich fahren sie dort auch hin, nur haben sie dann nicht eine, sondern gleich vier oder fünf Adressen von Frauen, die sie besuchen.

Russinnen mögen leichtgläubig sein, aber blöd sind sie nicht. Früher oder später finden sie heraus, dass ihr Liebster nicht nur bei ihnen übernachtet. Sie kontaktieren einander und hängen das Foto des Mannes ans Schwarze Brett im Internet. Es ist schon mehrmals vorgekommen, dass Frauen, die auf denselben Leim gegangen sind, darüber anschließend zu besten Freundinnen wurden. Allerdings gehen nicht alle Geschichten friedlich aus. Manche Frau wird ausgeraubt, manche jahrelang von eifersüchtigen Arabern verfolgt. Trotzdem beschreiben die Frauen ihre misslungenen Liebschaften nicht bösartig. Es fallen Begriffe wie »sehr sympathisch«, »ein toller Tänzer«, »großartiger Schauspieler« oder »geschmackvoll, humorvoll, bescheiden«. Ganz so, als

wären sie den Männern eigentlich gar nicht böse. Als ginge es nicht um Verbrecher, sondern um Urlaubsromanzen, für ein Abenteuer gut, als große Liebe aber nicht haltbar.

In Ägypten ist unter den Einheimischen der Glaube stark verbreitet, alle Russen seien wegen ihres ausufernden Alkoholkonsums impotent. Deswegen würden sich russische Frauen so auf ihren Urlaub unter arabischen Männern freuen. Russische Männer sind aber überhaupt nicht impotent, ganz im Gegenteil. Sie sind bloß misstrauisch und zynisch geworden. Deswegen fliegen sie gerne im Urlaub nach Thailand. Für Thailand brauchen Russen kein Visum, und die Preise sind sogar niedriger als zu Hause. Kein Wunder, dass Phuket und besonders Pattaya schon so gut wie russifiziert sind. Es erscheinen dort russischsprachige Zeitungen, es werden russischsprachige Travestieshows angeboten, und es gibt sogar eine russische Fabrik zur Produktion von Quark und Sahne, was im feuchten Klima Thailands keine leichte Aufgabe ist. Die Fabrik hat auch erst vor Kurzem aufgemacht.

Die Russen nennen Thailand mit Stolz ihre erste ausländische Kolonie. In Wirklichkeit ist das eine starke Übertreibung. Es sind gerade einmal zwei Städte teilkolonialisiert. Bei jeder Reise ist eine Travestieshow im Preis inbegriffen, und Russen besuchen sie mit Neugier. Denn wer weiß, wo sich die Liebe versteckt. Die meisten Shows laufen 24 Stunden nonstop, wobei die Zuschauer nur einmal Eintritt

zahlen müssen. Das Programm besteht aus einer Reihe von Nummern, die sich wie im Zirkus abwechseln. Mal kommen die Akrobaten, dann die Jongleure, später die Clowns und die Athleten. Der einzige Unterschied zum üblichen Zirkus besteht darin, dass in der thailändischen Manege stets gevögelt wird. Wenn die Zuschauer merken, dass sie die Nummer schon gesehen haben, bedeutet das, sie haben die Show durch. Nun stehen sie vor der Wahl, den Zirkus zu verlassen oder sitzen zu bleiben und sich auf ein zweites Mal zu freuen. Und weil Russen nicht gerne aufstehen, bleiben sie in der Regel sitzen. Sie ziehen sich die Show mehrmals hintereinander rein: Jungs trommeln entschlossen mit ihrem männlichen Glied und spielen damit Klavier oder sogar Billard. Nackte Mädchen springen vom Trapez direkt in die erste Reihe, und freiwilligen Zuschauern werden die Augen verbunden: Sie sollen die Artisten abtasten und raten, ob ein Mann oder eine Frau oder beides bei ihnen auf dem Schoß sitzt. Ein Magier zaubert sich das Geschlechtsteil weg und findet es bei einem Zuschauer zwischen den Beinen wieder. Ein Mädchen schießt in der Dunkelheit leuchtende Pingpongbälle aus ihrem Hintern ins Publikum, die mit Begeisterung aufgefangen werden. Jungs können eine große Flasche Coca-Cola mit ihrem Penis heben.

Das ist im Großen und Ganzen alles. Früher, erzählen die Alteingesessenen, haben die Mädchen noch mit der Vagina auf der Bühne Zigaretten geraucht. Jetzt hat die Anti-

raucher-Kampagne aber auch Thailand erreicht, und die Nummer wurde aus dem Programm genommen. Am meisten amüsieren sich bei diesen Shows Chinesen, Inder und Pakistaner. Russen kommen oft mit ihren Frauen in die Vorstellung, sehen nachdenklich ernst aus, schauen sich alles genau an, applaudieren selten und wenn, dann nur bei eindeutiger Hetero-Erotik.

Ohne Liebe zu leben, ist schwierig, aber mein Gott, es geht trotzdem weiter. Und nichts währt ewig auf Erden. Ob sie die Shows zu Hause nachzumachen versuchen, weiß ich nicht.

# Der Perückenmacher

Viele deutsche Wörter sind ins Russische übergegangen, besonders Bezeichnungen edler Berufe. Der Friseur heißt zum Beispiel auf Russisch »Parikmacher«, abgeleitet vom deutschen »Perückenmacher«. Bestimmt war das früher ein edler Berufsstand, schließlich konnte sich nur der Adel einen richtigen deutschen Perückenmacher leisten. Einfache Leute mussten ihre Perücken selbst basteln. Auch schnitten sie sich die Haare selbst. Mit der Zeit hat die Kunst des Haareschneidens in Deutschland jedoch stark gelitten. Heute darf sie jeder Depp ausüben. Allein auf meiner kleinen Straße in Berlin-Prenzlauer Berg gibt es mehr Friseursalons als Bäckereien. Entweder haben die Berliner einen enormen Haarwuchs, oder sie haben nichts Besseres zu tun, als sich in ihrer Freizeit in einem Friseursalon die Glatzen polieren zu lassen.

In einem solchen Salon arbeitet mein Landsmann Vitali, unter Freunden »der Parikmacher« genannt. Er verbringt allerdings wenig Zeit an seinem offiziellen Arbeitsplatz. Der Schwerpunkt seines Schaffens ist bei ihm zu Hause. Dort

tritt er seiner Kundschaft gleich in zwei Rollen gegenüber: als Friseur und als Seelendoktor.

»Sie missbrauchen mich«, sagt er immer wieder zu mir. »Sie benutzen mich als eine Art Endlager für ihre kaputtgegangenen Beziehungskisten. Gut, dass sie ihre Männer nicht mitschleppen. Das müssen ja furchtbare Menschen sein«, beschwert sich mein Freund.

Die Frauen, die sich von ihm ihre Haare schneiden lassen, sind entweder unsere Landsfrauen und direkt aus Russland eingereist, weil sie einen deutschen Mann kennengelernt haben. Oder sie kommen aus Polen, Tschechien, Lettland, Kasachstan und der Ukraine. Auf jeden Fall haben sie zwei Dinge gemeinsam: Sie können Russisch und haben einen Deutschen zu Hause sitzen. Bei Vitali lästern sie über ihre Ehemänner, Freunde, Partner oder Verehrer, was das Zeug hält. Die Männer erscheinen in ihren Geschichten wie identische Ausgaben desselben Prototyps: allesamt unerzogene, angeberische, sexistische, egoistisch-schweinische Menschen, unfähig zur Zweisamkeit. Der Parikmacher hört den Frauen aufmerksam zu, schneidet ihnen ebenso aufmerksam die Haare und spendet Trost. Am Ende seines Arbeitstages bleiben ein Haufen blondgefärbte Haare auf dem Boden und das Gefühl, irgendwie von seinen Kundinnen missbraucht worden zu sein.

Die meisten Geschichten handeln davon, dass Männer geizig sind, also im Restaurant getrennt zahlen wollen und

ständig nachfragen, ob ihre Freundin oder Frau tatsächlich so viele Kleider und so viel Parfüm braucht. Und wieso sie durch die halbe Stadt kutschiert, um sich bei Vitali für zwanzig Euro die Haare machen zu lassen, obwohl es gleich um die Ecke nur zehn Euro kostet. Geizige Menschen sind sogar im Bett geizig. Sie sparen nicht nur am Geld, sondern an allem – an ihrer Kraft, ihren Gefühlen, ihrer Energie. Und die Frau, ein Engel in Menschengestalt, erduldet das alles mit großer Demut. Sie wird in der Regel sogar gegen ihren eigenen Willen ins Restaurant geschleppt und nicht einmal gefragt, ob sie tatsächlich französisch essen gehen will, ob sie gerne Mittwochabend ans andere Ende der Stadt fahren möchte, ob sie überhaupt Froschschenkel mag. Sie opfert ihren Abend und ihren Magen voll und ganz dem Ehemann oder Freund. Wenn dann aber die Rechnung bestellt wird, soll plötzlich jeder für sich zahlen. Die Männer reden sich dabei mit der Gleichberechtigung der Frau heraus. Und bei manchen ist es tatsächlich so, dass sie glauben, eine Frau zu beleidigen, wenn sie sie einladen. Wenn ihr wahres Motiv aber doch nicht Gleichberechtigung, sondern Geiz ist, wird die Beziehung auf eine harte Probe gestellt.

Von allen Mängeln des menschlichen Charakters ist Geiz einer der unangenehmsten. Auf jeden Fall ist er viel schlimmer als sein Gegenteil, die Verschwendung. Sicher sind verschwenderische Menschen auch nicht zu beneiden. Sie sind chronisch pleite, können nur selten jemanden ins Restaurant

einladen und haben große Probleme, in den Urlaub zu fahren, weil sie die Urlaubskasse plündern, noch bevor die Ferien begonnen haben. Doch wenn der Geiz einen Menschen in Besitz nimmt, kann jeder noch so tolle Urlaub zum Albtraum werden. Der Friseur Vitali bestätigt mir, dass es fast immer Männer sind, die des Geizes beschuldigt werden. Geizige Frauen kennt er keine, denn er nimmt ziemlich viel Geld für seine Friseur- und Zuhör-Dienste. Eine geizige Kundin würde sicher nicht zu ihm gehen.

Wir überlegten, wieso der Geiz ein männliches Problem zu sein scheint. Man sagt den Menschen nach, unsere Urmütter wären Sammlerinnen, unsere Urväter Jäger gewesen. Die Sammlerinnen haben stets alles, was sie gesammelt hatten, unter den anderen verteilt. Sie mussten ihre Familie, ihre Kinder und ihre Eltern ernähren. Den Jägern ging es wahrscheinlich darum, mit der Jagdbeute anzugeben. Deswegen gaben sie sie nicht gleich ab und dann auch nie ganz und immer an irgendwelche Bedingungen geknüpft. Diese Geste haben sie bis heute beibehalten, sie wollen alles gezählt haben.

Nur ein einziger Mann war jemals zusammen mit seiner sehr hübschen tschechischen Freundin zu Vitali gekommen und hat tatsächlich selbst und ohne zu mucken seiner Freundin die Frisur bezahlt. Er hatte auch überhaupt nichts dagegen, dass sie für Klamotten und Parfüm Geld ausgab. Er hätte sich gerne auch selbst bei Vitali die Haare schneiden lassen, leider hatte er keine mehr.

## Der Perückenmacher

Ich fand den Mann erfrischend anders und meinte, es gäbe also doch noch Beziehungen, die auf Ritterlichkeit basierten. Vitali erzählte mir jedoch, diese Freundin arbeite als Prostituierte, und ihr Freund vereinbare für sie Termine mit ihren Kunden am Telefon. Eine ganz andere Familiensituation also.

Mein Freund, der Parikmacher, beschwert sich zwar gerne über Frauen, mag sie aber, denke ich, sehr. Bei seiner offiziellen Arbeit im Friseursalon ist dagegen wenig los. Nur eine verrückte alte Dame kommt jeden Montag mit einem alten Modemagazin in der Hand und bettelt die Friseure an, sie wolle unbedingt so aussehen wie das junge Model auf dem Titelblatt. Dabei hat sie nicht einmal annähernd genug Haare für eine solch aufwändige Frisur. Sie schimpft auf die Friseure und droht ihnen mit der Polizei.

»Eigentlich ist es sehr leicht, den Menschen die Haare zu schneiden. Viel schwieriger ist es, ihnen zuzuhören«, meinte Vitali philosophisch verträumt. Und schnitt mir beinahe ein Ohrläppchen ab.

# An die unbekannte Schönheit

Der Mensch des neuen Jahrhunderts ist leichter und loser geworden. Wie eine Pusteblume wackelt er hin und her. Bei manchen braucht man nicht einmal zu pusten, sondern nur laut auszuatmen, und schon fliegen sie davon. Wie alle großen Veränderungen ist auch diese zwiespältig. Sind Pusteblumenexistenzen gut oder nicht gut? Schwer zu sagen. Zum einen gewinnen wir mehr Freiheit. Zum anderen ist die Kommunikation mit Pusteblumenmenschen extrem schwierig, weil sie nur per Mobilfunk zu erreichen sind. Viele Bindungen wurden aufgehoben. Sogar die Bindung zwischen dem Volk und seinem Staat wurde durch die Gründung der EU gelockert, jeder Staat musste Teile seiner Macht abgeben.

Nun ist aber diese Europäische Union eine Gleichung mit tausend Unbekannten. Wirtschaftlich, juristisch, politisch könnten sich die einzelnen Länder schnell verständigen. Doch ihre Bürger brauchen länger, um ihre Nachbarn als Familienmitglieder anzuerkennen. Seit die innereuropäischen Grenzen geöffnet wurden, haben Misstrauen und

Fremdenangst zugenommen. Ein möglicher Grund dafür sind fehlende Sprachkenntnisse. Immerhin wird in Europa an jeder Ecke eine andere Sprache gesprochen. Um sie alle zu lernen, reicht ein Leben nicht aus. Natürlich besitzt die Mehrheit der EU-Bürger die notwendigsten lebensrettenden Sprachkenntnisse und kann sogar einwandfrei in einem anderen Land zwei große Bier bestellen. Doch wenn es darum geht, jemanden – zum Beispiel die Dame oder den Mann des Herzens – anzusprechen, fehlen meist die richtigen Worte.

Die Technik schafft da Abhilfe. Computergestützte Übersetzungsprogramme erlauben uns inzwischen, im Handumdrehen in jeder Sprache Nachrichten zu verschicken, selbst auf Marsianisch. Oft fallen dann aber die Marsmenschen vor Lachen tot um, wenn sie unsere Briefe lesen. Aber auch wenn die Programme noch nicht fehlerfrei sind, sind sie doch ein großer Schritt Richtung Völkerverständigung. Inzwischen gibt es sie auch als mobile Hilfe. Auf jedem Handy, iPhone, Smartphone oder wie sie alle heißen kann man sich ganze Wörterbücher herunterladen, die ihrem Besitzer erlauben, zu jedem Thema eine mehr oder weniger anspruchsvolle Konversation zu gestalten. So wird einem das Flirten in jeder Fremdsprache leicht gemacht. Politisch korrekt fragt das Programm zuerst nach dem Geschlecht des Anbeters und des Objekts seines Interesses sowie nach der Nationalität der beiden.

»Mit uns lernen Sie jede unbekannte Schönheit rund um den Globus kennen« – so großspurig warb das russische Flirtprogramm für sich, das mein Freund Alexej auf seinem Telefon hatte. Er war aus St. Petersburg nach Berlin gekommen und wollte sich mit Hilfe der Technik sofort bei uns in der Disko an eine unbekannte Schönheit heranmachen. Ich habe es ihm ausgeredet. Ich denke, dass dieses Programm noch nicht ausgereift genug, noch nicht ausreichend an lebenden Menschen getestet ist. Ich vermute sogar, dass die Menschen, die dieses Sprachwörterbuch verfasst haben, selbst noch nie jemanden im realen Leben kennengelernt haben. Ich fürchte außerdem, dass sich unter diese Menschen ein paar mit großen Drogenproblemen gemischt haben. Anders lässt sich der Schwachsinn nicht erklären, den sie als Flirt verkaufen.

Dabei klingt der Anfang noch völlig normal: »Wie heißen Sie? Sie sind sehr hübsch. Ich möchte Sie gerne kennenlernen.« Ist doch in Ordnung, so weit, so gut. Aber dann wird es langsam merkwürdig:

»Ich möchte gerne Deutsch lernen, nur um mit Ihnen zu reden.« Wie ist das zu verstehen – »ich möchte Deutsch lernen«? Der Mann hat doch gerade eben Deutsch gesprochen. Dieser Satz macht jede Fortsetzung des Dialogs unnötig. Er kann kein Deutsch, er kann nur irgendwelche Gesprächsfetzen von seinem Telefon ablesen und wird die Antwort gar nicht verstehen. Was soll die unbekannte Schönheit dazu

sagen? Soll sie in sein Telefon gucken, um dort nach der richtigen Antwort zu suchen?

»Können wir tanzen gehen? Ich kann Ihnen einige Tanzschritte beibringen. Ich kann leider nicht wirklich gut tanzen.« Jemandem Tanzschritte beibringen zu wollen, ohne tanzen zu können, ist verwirrend, kann aber zur Not als Besonderheit der geheimnisvollen russischen Seele verbucht werden. Das Flirtprogramm geht dann auch gar nicht weiter auf das blöde Tanzen ein, es kommt gleich zum wichtigeren Teil: »Mögen Sie einen Wodka?« Und gleich danach völlig überraschend: »Ich bin Bärenbezwinger von Beruf.«

Wie ist das denn gemeint? Ist das ein misslungener Witz oder eine Drohung? Eigentlich kann man nach einem solchen Geständnis gleich nach Hause gehen. Was will er der unbekannten Schönheit damit andeuten? Nach dem komischen Eiertanz, nach der Einladung zum Wodka, wenn die Schönheit noch immer nicht abgehauen ist, was soll sie über den Bärenbezwinger jetzt denken? Was macht der Bärenbezwinger eigentlich beruflich, arbeitet er im Zirkus? Und wozu zwingt er Bären? Hoffentlich zu etwas Gutem.

Nach einer solchen Anmache muss die Frau schnell auf die Toilette fliehen, um von dort die Polizei anzurufen, und danach vielleicht doch ein Tänzchen mit dem Bärenbezwinger wagen, damit er nicht vorzeitig wegrennt. Der Mann sollte ab da nur noch schweigen, denn jede Aussage kann vor Gericht gegen ihn verwendet werden. Aber er schweigt nicht.

Das Flirtprogramm in seinem Telefon schließt schweigen als Verständigungsmittel vollkommen aus.

»Ich habe Sie beim Tanzen beobachtet. Ich liebe Katzen, lange Spaziergänge am See und französische Poesie.« Was soll dieser Quatsch? Gleich nach dem ersten Wodka die französische Poesie? Und wie kommen die Katzen mit den Bären klar? Doch der nächste Satz schlägt alles vorher Gesagte: »Ich könnte jetzt gut eine kräftige Massage gebrauchen. Sind Sie kräftig?«

Eigentlich hat das sogar was. Mir würde der Kerl möglicherweise gefallen, wenn ich die unbekannte Schönheit wäre. Dieses schnelle Umschalten von französischer Poesie auf eine kräftige Massage. Aber es geht noch weiter: »Ich habe noch nie jemanden aus Ihrem Land geküsst.« Ha-ha. Ein schwaches Argument, um mit jemandem anzubandeln. Aber nach allem, was bisher gesagt wurde, spielt das nun auch keine Rolle mehr. Wir winken es durch, die Katzen, die Bären und die französische Poesie gehen klar.

»Kann ich deine Telefonnummer haben?« Diesen Satz, so stelle ich mir vor, sagt unser Bärenbezwinger, während er in Handschellen von der Tanzfläche abgeführt wird. Draußen im blauen Licht warten schon der Krankenwagen und die Feuerwehr. »Darf ich deine Telefonnummer habeee-n?«

Nein. Lieber doch weiter auf altmodische Art ohne Telefon anbaggern.

# Das Märchen

Als lesereisender Geschichtenerzähler mit Schwerpunkt Sowjetunion werde ich in Deutschland von Arm und Reich gleichermaßen gerne eingeladen. Im Sommer unterhielt ich beim Sommerfest die Linkspartei, im Winter lud mich das alljährlich stattfindende Gourmetfestival auf Sylt ein, damit ich ein paar Unternehmern etwas über die russische totalitäre Küche erzählte. Die Sommerfest-Kommunisten waren locker, tranken Bier und Rotwein, aßen Würste, rauchten Zigarren und besprachen die bevorstehende mögliche Verstaatlichung aller Banken und die fallenden Immobilienpreise. Nebenbei geißelten sie noch die soziale Ungerechtigkeit und spielten Volleyball am Strand.

Die vierzig Kapitalisten auf dem winterlichen Sylt benahmen sich diskreter. Sie sprachen kaum miteinander und pflegten auch sonst einen typisch deutschen Umgang mit ihrem Reichtum – nach innen schick, nach außen volkstümlich und bescheiden. Das Hotel, in dem das Gourmetfestival stattfand, sah von Weitem aus wie Onkel Toms Hütte. Nur Eingeweihte wussten, dass diese bescheidene

Unterkunft bis unters Dach mit Kaviar und Champagner gefüllt war. Auf meinem Zimmer fand ich als Erstes eine Schokoladentorte verziert mit meinem Namen als Willkommensgeschenk, und im Korridor gab es ein schickes Extrabett für mein Dienstmädchen. Nur leider hatte ich gerade keins dabei.

Die abendliche Speisekarte war ein Geschmackskompromiss: Zum einen wollten die Köche den russischen Aspekt des Abends hervorheben, zum anderen durften sie ihren Kunden nicht mit allzu Russischem den Appetit verderben. Aus diesem kulinarischen Spagat entstanden solch exotische Gerichte wie Gänsestopfleber in Borschtsch-Gelee, ein mit schwarzem Kaviar gefüllter Heilbutt auf Spinat, und in Wodka eingelegte Taubenbrust. Dazu sollten Moselweine und Champagner bis zum Abwinken gereicht werden. Die echte russische Küche, mit der ich mich gut auskenne, hatte hier nichts zu suchen. Sie besteht aus Bratkartoffeln statt Spinat, mit Mayonnaise gefüllten Eiern statt Kaviar und vor allem aus russischen Bouletten mit Röstzwiebeln, die jedem zurückhaltenden Kapitalisten schnell zu den ungewöhnlichsten Geräuschen seines Lebens verhelfen würden.

Ich war nicht der einzige Russe an diesem Abend. Laut einem Gerücht, das der Oberkellner hinter vorgehaltener Hand verbreitete, befanden sich auch ein paar russische Oligarchen unter den Gästen. Einer von ihnen sollte sogar irgendwo im Mittelfeld der Top Ten der russischen Super-

reichen spielen, ein Andrej oder Sergej. Seinen Nachnamen durfte der Oberkellner nicht verraten.

Gegen sieben Uhr abends kamen die ersten Gäste. Sie wurden mit einem Wodka begrüßt. Wodka als Begrüßungsgetränk ist schon mal eine harte Sache. Deswegen wurden zum Ausschank drei Mädchen – zwei Deutsche und eine Polin – in schicken roten Uniformen und goldenen Stöckelschuhen mit Tabletts vor dem Eingang platziert, die jedem Gast einen Wodka aufschwatzen und mit ihm anstoßen mussten. Es waren große schöne Frauen, von einer Hamburger Agentur für solche Zwecke vermittelte Hostessen. Die eine studierte Sportmanagement, die andere Reisemanagement. Die dritte, die Polin Daria, studierte dummerweise Geschichte und Literatur. Den Hostessenjob machten alle drei nebenbei, um ihr anspruchsvolles Studium zu finanzieren. Die Älteste von ihnen, die angehende Sportmanagerin, war allerdings schon ziemlich lange dabei, sie kannte aus ihrem Hostessenjob bei Formel-1-Rennen sogar noch etliche Fahrer, die bereits im vorigen Jahrhundert gegen die Wand gefahren waren.

Trotz aller Anstrengungen der Hostessen tranken die Großkapitalisten den Wodka sehr ungern, und die Mädels waren um ihren Job besorgt. Ich sprang ihnen aus Solidarität zur Seite. Das Essen schmeckte gut, war aber aus Sicht von Tierschützern nicht vertretbar: Wir aßen uns quasi einmal quer durch die Fauna: Ochsen, Tauben, Aale, alles gut zubereitet oder in Wodka eingelegt.

Beim Dessert lockerte sich allmählich die Stimmung. Viele Gäste tauschten ihre Plätze nach Interessensschwerpunkten. Die Männer gingen in die Lobby, um zu rauchen und verwickelten einander in Gespräche. Ein bayerischer Winzer meinte, er würde niemals Tauben essen, denn Tauben seien die schmutzigsten Vögel überhaupt – fliegende Ratten. Ein Pharmazeut entgegnete ihm, aus Sicht der Wissenschaft seien Enten viel schmutziger als Tauben, würden aber trotzdem gerne als Weihnachtsessen missbraucht. Eine Dame aus Stuttgart berichtete daraufhin von ihren Erfahrungen mit Kannibalen, die sie im Urlaub auf einer indonesischen Insel kennengelernt hatte.

Die drei Wodkahostessen hatten es inzwischen mehr als satt, mit schweren Tabletts in den Händen vor dem Eingang Unbekannte anzulächeln. Außerdem konnten sie auf ihren hohen Stöckelschuhen kaum noch stehen. Die beiden deutschen Mädchen setzten sich in die Lobby und rauchten, die Polin Daria zog ihre Schuhe aus und lief barfuß durch die Räume. Sie lief hin und her, verschwand aus meinem Blickwinkel, kam wieder, und irgendwann konnte sie ihre Schuhe nicht mehr finden. Sie waren verschwunden, einfach weg. Die meisten Gäste verabschiedeten sich bereits, der späte Abend verwandelte sich in eine frühe Nacht. Daria fragte beim Kellner nach, beim Oberkellner und beim Chefkoch, aber niemand hat ihre Schuhe gesehen. Daraufhin weinte sich Daria im Raucherzimmer aus und erzählte, die Schuhe

seien ihr als Teil der Uniform von der Wodkafirma nur ge-
liehen worden. Jetzt würde man ihr diese unverschämt teuren Schuhe bestimmt von ihrer viel zu kleinen Hostessen-
gage abziehen, was hieße, dass sie die ganze Zeit auf Sylt für
nichts gearbeitet habe und ihre Anreise aus Hamburg umsonst gewesen sei. Aber das mache ihr gar nichts, sagte Daria und wischte sich die Tränen aus dem Gesicht, denn das
Leben sei schon immer hart zu ihr gewesen, und sie sei daran mehr oder weniger gewöhnt.

»Mach dir keine Sorgen«, beruhigte ich sie. »Bestimmt
hat dir bloß jemand einen Streich gespielt, und morgen
wirst du deine Schuhe an der Rezeption ausgehändigt bekommen.«

Daria wollte nicht daran glauben, nahm einen Schluck
Champagner und ging weinend erneut auf die Suche. Ihre
Kolleginnen waren längst schlafen gegangen. Ich ging ebenfalls zu Bett, dachte jedoch noch weiter darüber nach, woran
mich diese Schuhgeschichte erinnerte. Draußen dämmerte
es langsam, der Himmel hellte sich auf, und plötzlich wurde
es mir klar: Daria war ein modernes Aschenputtel. Sie hatte
deren Geschichte bestimmt ganz ungeplant und unbewusst
nachgespielt und ihre Schuhe irgendeinem superreichen
Andrej, Sergej oder Uwe unter den Tisch geschoben, in der
Erwartung, er würde wie ein richtiger Prinz handeln, also
die Schuhe finden, sich wundern und nach dem Mädchen
suchen, dessen Füßchen in diese goldenen Stöckelschuhe

mit dem Wodkalogo passten. Er würde einen der Schuhe nehmen und ihn alle Hostessen in der Raucherecke anprobieren lassen. Der Schuh würde den anderen natürlich nicht passen, weil sie viel zu große Füße hatten. So würden sich Daria und ihr Prinz kennenlernen. Und schon wenig später würden die beiden auf Hawaii oder irgendwo in der Karibik in der Sonne liegen – auf jeden Fall nicht auf Sylt, wo es im Winter so kalt und feucht war und das Wasser dem Urlauber ständig den Rücken zeigte.

Aber der Prinz vom Gourmetfestival versaute das ganze Märchen. Er hatte die Schuhe wahrscheinlich einfach weggeschmissen oder, noch schlimmer, sie mitgenommen, um sie zu Hause seiner Frau zu schenken: »Hier, für dich, Liebling! Habe ich dir von Sylt mitgebracht!« Und seine Frau würde ihn verständnisvoll anlächeln, ihren Riesenschuhschrank aufmachen und die Aschenputtelschuhe dort auf alle Ewigkeit versenken. Tja.

Ach, Prinzen sind auch nicht mehr das, was sie einmal waren.

# Die Entführung der Braut
## in der Blutmondnacht

Die lange angekündigte Blutmondnacht verbrachten wir entspannt im Garten, fünf Erwachsene, keine Kinder. Die Astrologen hatten ein spektakuläres Naturereignis versprochen, die längste Mondfinsternis des Jahrhunderts. Für 104 Minuten sollte von unserem grünen Planeten aus gut zu sehen sein, wie der rote Planet Mars einen Schatten auf den Mond warf und ihn rot leuchten ließ. Wir stellten den Gartentisch direkt unter den Mond neben den Hühnerstall und den Karton mit Riesling-Flaschen in den Kühlschrank, weil Riesling eigentlich nur kalt gut schmeckt.

Unsere Kinder wollten das spektakuläre Ereignis nicht mit uns zusammen ansehen. Uns war das nur recht, soll doch jede Generation ihre eigene Finsternis erleben. Unsere Tochter Nicole fuhr zusammen mit ein paar Freundinnen zu Studenten der Technischen Universität. Auf dem Dach der studentischen Wohngemeinschaft erklärten junge Physiker den Mädchen ausführlich die astrologischen Daten der Himmelskörper und rechneten ihnen aus, in welchem Grad Mars unter dem Mond hängen bleiben werde.

Unser Sohn Sebastian saß auf einem Berliner Dach im Prenzlauerberg und schickte uns Selfies unter dem Motto »Ich und die Finsternis«. Hinter seinem Rücken brannten mehrere rote Punkte vor dunklem Hintergrund. Wahrscheinlich hatte er neben dem Blutmond noch ein Paar Kiffer auf dem Dach im Sucher erwischt.

Zu uns in den Garten kamen mein Nachbar Matthias, der pensionierte Elefantenpfleger, mit seiner Frau und mein Besuch aus der Pfalz. Die Nacht war noch jung und heiß, das ganze Dorf schien wach zu sein. Sogar die Hühner gingen nicht in ihr Häuschen, sondern liefen nervös unter dem rosigen Mond hin und her. Alle paar Minuten fuhr ein Feuerwehrauto mit Sirene an unserem Haus vorbei und machte die Hühner noch nervöser.

»Das ist Lutz, der Wehrführer der freiwilligen Feuerwehr«, klärte uns Nachbar Matthias auf, der alles über das Leben im Dorf weiß. Lutz sollte in Kürze seine langjährige Freundin Dagmar heiraten. Bereits letztes Jahr hatte er seinen Junggesellenabschied im Bowling Center von Neuruppin gefeiert. Zum Fasching im Februar kamen die beiden bereits als Paar: Der Wehrführer war als Frau Fledder in eine schwarze Lederhose gekleidet, Dagmar war als Zitrone verkleidet.

Vor der Hochzeit musste Dagmar allerdings noch entführt werden. Die Entführung der Braut war hier eine alte Volkssitte. Der Wehrführer wusste natürlich, dass es

zur Entführung kommen würde und hatte für die Braut-
suche bereits eine Ausnahmegenehmigung für Blindalarm
beantragt. Allerdings hatten die Freunde Dagmar bereits
am Donnerstag entführt. Lutz fing aber erst am Freitag an,
sie zu suchen, weil er auf seiner Arbeitsstelle Überstunden hatte machen müssen. Als Erstes fuhr er zum Bowling Center, das aber geschlossen hatte. Ausgerechnet in
der Blutmondnacht hatten die Menschen keine Lust auf
Bowling.

Wir machten die erste Flasche Riesling auf. Im Radio lief
die Finsternis im Liveticker, als wäre dieses Himmelsspek-
takel ein Fußballspiel.

»22 Uhr 22. Der Himmel ist klar, die Sicht ist gut«, verkündete der Radiosprecher. »Nur in wenigen Regionen gibt
es vereinzelt Schauer. Am glücklichsten dürfen sich die
Bayern schätzen. Sie haben einen sternklaren Himmel und
werden die Mondfinsternis in vollem Ausmaß zu sehen bekommen. Weniger Glück haben weite Teile Brandenburgs,
Sachsen-Anhalts, Sachsens und Thüringens. Von dort sind
einige Gewitter gemeldet. Wir unterbrechen kurz für die
Nachrichten.«

»Was studiert eure Tochter?«, fragte mich um 22 Uhr 35
der Besuch aus der Pfalz.

»Europäische Ethnologie wie alle Berliner«, antwortete ich.

»Bei uns lernen nicht alle europäisch«, schnaufte der
Pfälzer. Seine Tochter, auch Ethnologin, war nach ihrem

Afrikanistik-Studium nach Kamerun zu einem Feldfor-
schungstrip gefahren. Eines Tages hatte sie von dort zu
Hause angerufen: »John und ich, wir erwarten ein Baby, wir
brauchen dringen Geld für den Schlepper, damit John in die
Pfalz kommen kann.« Geld für einen Schlepper zu bezah-
len kam für die Eltern nicht infrage. Mit viel Mühe fanden
sie einen gesetzlichen Weg, John nach Europa zu transpor-
tieren. Aber die Beziehung hat trotzdem nicht gehalten, erzählte der Besuch.

»22 Uhr und 50 Minuten. Die maximale Verfinsterung ist
erreicht«, jubelte der Radiomoderator. »Der rote Mond ist
weiterhin eher zu erahnen, Hobbyfotografen hoffen trotzdem weiterhin auf spektakuläre Aufnahmen. Wolken über
Berlin. Die Stimmung ist entspannt.«

»Und wieso hat die Beziehung nicht gehalten?«, fragten
wir den Pfälzer.

»John bekam einen Job in der Bäckerei. Er ist jeden Morgen sehr früh aufgestanden«, erzählte uns der Pfälzer. »Am
Ende des Monats bekam er seinen Gehaltszettel mit ganz
vielen Abzügen. ›Was soll das sein?‹, regte er sich auf. ›Das
sind die Steuern und Abgaben‹, haben wir ihm erklärt. ›Für
die soziale Infrastruktur, für die Straßen und auch vielleicht
dafür, dass in Zukunft noch andere Menschen aus Kamerun nach Deutschland kommen könnten.‹ ›Die sollen nicht
kommen, die haben hier nichts verloren, die sollen bleiben,
wo sie sind‹«, meinte John und ging aus Protest gegen die

Steuern und Abgaben nicht mehr zur Arbeit. Obwohl er ein guter Bäcker war!«

»Wie traurig«, seufzten wir. Auch die Radionachrichten waren wenig tröstlich. Abgesehen von der Finsternis schien auf unserem grünen Planeten nichts zu klappen. Das Versprechen der Globalisierung, schnell allen zu Wohlstand zu verhelfen, war nicht eingehalten worden. Die Menschen verarmten, das Klima war eine Katastrophe. Landwirte klagten über Trockenheit, Wasser und Tierfutter wurden knapp, Brandenburger Viehzüchter mussten ihre Tiere töten, weil sie die Rinder nicht über den Winter bringen konnten. Die Ernte brannte, die Tigermücke fraß sich durch Thüringen, und in den Teichen trieben tote Fische, weil sie keinen Sauerstoff mehr zum Atmen hatten. Wegen der beispiellosen Dürre packte halb Afrika bereits die Koffer und wollte schnell nach Europa auswandern.

Der deutsche Riesling hingegen feierte ein spektakuläres Jahr. Der Jahrgang 2018 könnte als das beste Rieslingjahr in die Annalen eingehen, jauchzte der Vertreter des Deutschen Weininstituts. Endlich bekomme der deutsche Wein weltweit die Anerkennung, die er schon lange verdient habe. In China und in Amerika stiegen die Verkaufszahlen, deutsche Weine würden zum wichtigsten Exportgut. Im Saarland und in der Pfalz hatten die Weinbauern schon jetzt mit der Weinlese begonnen.

Der Wehrführer kam traurig und ohne Auto an unseren

Tisch. Er war in drei Kneipen in allen umliegenden Dörfern gewesen und hatte seine Dagmar nicht gefunden. Entweder hatten die Entführer ihm einen bösen Streich gespielt, oder sie waren selbst zusammen mit der Braut irgendwo im Wald verloren gegangen. Sie meldeten sich nicht, und Dagmar ging nicht ans Telefon, wenn er sie anrief. Wir versuchten, den Wehrführer nach Kräften zu beruhigen, und machten erst einmal einen neuen kalten Riesling auf.

Um 23:54 Uhr sagte das Radio: »Vielen Dank fürs Zuhören, das war die Blutrotmondfinsternis, das spektakuläre Ereignis. Wer sie nicht gesehen hat, ist selber schuld.«

Um 00:03 meldete sich Dagmar. Sie war gar nicht in einer Kneipe, sondern bei ihren Eltern und hatte Skat gespielt. Lutz ging sie abholen. »Alles wird gut!« Der Besuch aus der Pfalz zeigte uns ein Foto vom Enkelkind, ein bildhübscher Junge.

Selbst wenn wir die globale Erwärmung nicht stoppen können und in ein paar Jahren auf einem verbrannten Haufen Erde sitzen, so haben wir doch immer noch ein gutes Gläschen süffigen Riesling in der Hand, der allerdings gut gekühlt sein muss. Sonst schmeckt er nicht. Dann können wir mit reinem Gewissen sagen: Ja, wir haben versagt und die Sache mit der Globalisierung maßlos übertrieben. Aber es war doch nicht alles schlecht in der Welt des Turbokapitalismus, denn so einen Riesling findet man nicht auf dem Mars. In der ganzen Galaxie wird man einen solchen Wein nicht finden!

»Darauf Stößchen!«, rief der Pfälzer aus.

Wir tranken und tranken im Garten und hießen alle willkommen. Wir hatten alle lieb – den Wehrführer mit Blindalarm, den Kameruner Bäcker John, den roten Planeten, den Vollmond und die Wolken über Berlin.

# Der Alzheimer

*»Die besten Männer sind die Ausländer, Töchterchen.*
*Wie hieß bloß dieser Deutsche, der mich so verrückt*
*gemacht hat?«*
*»Alzheimer, Mama.«*

Je länger ich lebe, umso mehr erfahre ich. Und je mehr ich erfahre, desto mehr vergesse ich. Das hat Gründe. Mein Großvater väterlicherseits bekam irgendwann Alzheimer. Zunächst bemerkten seine Familienangehörigen die Krankheit bei ihm gar nicht. Nur dass er irgendwie schlagartig fröhlicher wurde und plötzlich anfing, die ihm verhassten Nachbarn höflich zu grüßen und das zehn Mal am Tag. Eine harmlose Veränderung seines Benehmens. Aber die Krankheit entwickelte sich. Der Großvater saß immer länger auf dem Klo, vergaß zu spülen und las die gleiche Zeitung mehrmals hintereinander.

Eines Tages wachte er besonders früh auf, lief in der Wohnung hin und her und sagte zu seiner Frau, eine tolle Wohnung sei das, aber er habe nicht den blassesten Schimmer,

wie er hierhergeraten sei. Er wolle sofort zu seinen Eltern zurück, Moldawskaja Straße 16, in das Haus gegenüber des Geografischen Instituts, das im Krieg bis auf die Parterrewohnungen zerbombt wurde. Seit diesem Morgen wollte ihn seine Frau nicht mehr allein in der Wohnung lassen. Die Alzheimer-Erkrankung wirbelte die Erinnerungen meines Großvaters kräftig durcheinander. Er konnte sich mal an den einen und mal an den anderen Abschnitt seiner Biografie erinnern, aber so etwas wie ein folgerichtiger Lebensweg ließ sich für ihn daraus nicht mehr konstruieren.

»Ich verstehe das nicht«, ärgerte er sich immer wieder aufs Neue. »Ich habe doch die Schule abgeschlossen und eine Ausbildung an einem Institut genossen. Dann muss ich doch jetzt arbeiten gehen, oder?«

»Du warst schon arbeiten, du bist jetzt Rentner. Entspann dich«, beruhigte ihn seine Frau. Die Vorstellung, er sei ein Rentner und müsse nicht mehr arbeiten gehen, verblüffte meinen Großvater. Er lächelte. Überhaupt muss ich sagen, dass die Alzheimer-Erkrankung den Charakter meines Großvaters wesentlich verbessert, ja aufgelockert hat. Bevor er erkrankte, war er eine ziemliche Nervensäge gewesen, ein mürrischer Mensch, der große Unzufriedenheit ausstrahlte. Ob es ums Essen ging, das seine Frau gekocht hatte, oder um die Fernsehfilme, die sie zusammen anschauten, er nörgelte immer. Außerdem war er ziemlich nachtragend und führte ein Schwarzbuch der Ungerechtigkeiten und Beleidigungen,

die ihm im Lauf des Lebens von seinen Mitmenschen zugefügt worden waren. Dieser Zorn, dieses »Niemals verzeihen und niemals vergessen« verhinderte beinahe jede zwischenmenschliche Kommunikation. Er hatte keine Freunde.

Durch seinen Alzheimer veränderte sich jedoch seine Einstellung zum Leben grundsätzlich. Noch nie hatte ich bis dahin einen solch freundlichen Großvater erlebt. Er grüßte nicht nur die Nachbarn, sondern selbst fremde Menschen auf der Straße. Beim Essen stellte er sich sehr gerne vor und freute sich jedes Mal wie ein Kind über jede neue Bekanntschaft. Dabei lernte er ununterbrochen jemanden kennen. Ich glaube, so viele neue Dinge und Menschen wie in seinen drei Alzheimer-Jahren hat er in seinem ganzen Leben zuvor nicht kennengelernt. Es waren in Wirklichkeit natürlich immer die gleichen Dinge und Menschen, die Vielfalt war nur eine scheinbare. Aber seine Freude darüber war echt. Auch sein Appetit verbesserte sich stark. Dabei konnte seine Frau endlich kochen, was ihr Herz begehrte: ihre Gemüseaufläufe, ihren Apfelkuchen, alles, was der Großvater früher gehasst hatte, verschlang er nun mit dem Ausdruck höchster Zufriedenheit und verlangte immer einen Nachschlag. Nur wenn sein Teller leer war, begann er sich zu sorgen und zu langweilen. Auch seine zahlreichen Krankheiten, die ihn so lange gequält hatten – Leber, Rücken, Gicht –, alle hatte der Alzheimer weggewischt. Plötzlich war der Großvater ohne Beschwerden.

Nach drei Jahren Alzheimer trickste er seine Aufpasser aus. Er öffnete nachts heimlich die Wohnungstür und floh, lediglich mit einem Pyjama bekleidet, in die Stadt. Erst am Morgen wurde seine Abwesenheit bemerkt, und man meldete ihn als vermisst. Es war Winter, überall in der Stadt lagen meterhohe Schneehaufen, trotzdem verloren die Verwandten nicht die Hoffnung. Überall suchten sie den Großvater – nur nicht in der Moldawskaja Straße, wo das zerbombte Haus seiner Kindheit stand. Diese Straße befand sich am anderen Ende der Stadt, und niemand glaubte ernsthaft daran, dass ein halb nackter kranker alter Mann es so weit schaffen würde. Aber gerade neben diesem Haus Nr. 16 fanden ihn die Straßenfeger des Geografischen Instituts, als sie auf dem Hof den Schnee wegschaufelten.

Auch meine Großmutter mütterlicherseits erkrankte an Alzheimer. Das erkannte man nicht zuletzt an ihren Süßigkeitsvorräten. Sie trank ihren Tee zwar immer ohne Zucker, hatte aber raue Mengen davon im Schrank gelagert für den Fall eines Krieges oder falls sonst irgendetwas passieren würde. Es passierte aber nichts, und ihr alter Schrank wurde zu einer einzigen Süßigkeit. Man hätte am liebsten seine Türen abgeleckt, so gut roch er. Neben dem Zucker lagerte Oma auch Honig und Schokolade, die sie jedes Mal kaufte, um meine Cousine und mich, ihre Enkelkinder, zu verwöhnen. Aber sie vergaß, uns die Süßigkeiten zu geben – wegen ihrer sich bereits anbahnenden Alzheimer-Erkrankung,

dachte ich. Ihre Töchter, die unsere Mütter waren, schickten uns jedes Wochenende zur Oma. Zum einen um sie zu beschäftigen, zum anderen, um uns zu beschäftigen. Und außerdem, um sich selbst ein freies Wochenende ohne Kinderstress und -lärm zu gönnen. Das alles wurde natürlich unter dem Motto der Nächstenliebe und um »Jung und Alt eine Freude zu machen« veranstaltet. Meine Cousine hasste diese Besuche. Für sie war unsere Oma Sibirien, eine Verbannung mit ungewissem Ausgang. Meine Cousine hat fast immer dort geweint, wenn Oma sie wieder einmal mit falschem Namen ansprach.

Unsere Großmutter lebte in einer Einzimmerwohnung am Rande der Stadt. Sie hatte zwei Betten, zwei Fernsehgeräte und den Schrank voller Süßigkeiten. An den Wänden hingen große Wandteppiche mit aufgestickten Hirschen und lebendigen Motten. Am Morgen machte sie ihre Gymnastik. Im Liegen übte sie das »Fahrrad«, wobei sie die Beine hob und kreisförmige Bewegungen ausführte, als würde sie im Liegen laufen. Dann kamen Übungen für Arme und Oberkörper, bei denen sie so tat, als würde sie einen unsichtbaren Menschen umarmen, fest an sich pressen und dann wieder loslassen. So ähnlich wie Stewardessen im Flugzeug, wenn sie Passagieren in Gehörlosensprache die Sicherheitsmaßnahmen erklären. Sie testen links, rechts und unten, ziehen einen unsichtbaren Freund an den Ohren zu sich heran, küssen ihn zwei Mal auf die Wangen, dann blasen sie ihn auf

und lassen ihn fallen. So ungefähr sah die Gymnastik von Oma aus, nur dass sie dabei nicht so fröhlich guckte wie die Stewardessen.

Meine Cousine hatte Angst, wenn sie diese Gymnastikübungen sah. Sie dachte, nun sei die Oma endgültig verrückt geworden. Den Rest des Tages schaute sich Oma in ihren zwei Fernsehern Serien an, die ständig wiederholt wurden, bei ihr aber jedes Mal auf ungebrochen großes Interesse stießen.

Meine ganze Aufmerksamkeit galt dem Süßschrank. Und weil auf Oma kein Verlass war, bediente ich mich selbst. Kaum schaltete sie ihre Glotze an, ging ich auf Schatzsuche. Es war eine abenteuerliche Pirsch, die einem Indiana Jones alle Ehre gemacht hätte. Der Honig im Schrank war alt, eingetrocknet und kandiert, man konnte ihn wie Kaugummi kauen. Die Schokolade, wahrscheinlich noch unter Stalin produziert, war ebenfalls sehr trocken und dazu zerbrechlich geworden. Sie war mit einem weißen Film überzogen und zerfiel beim kleinsten Druck zu Staub.

Diese alten Süßigkeiten aus Omas Schrank haben meinen Geschmack wesentlich beeinflusst. Manchmal kaufe ich mir Schokolade oder Honig und lasse sie auf dem Fensterbrett monatelang schmoren. Die Süßigkeiten schmecken dann besser, wenn auch nicht ganz so gut wie damals bei meiner Oma.

Meine Eltern sind im Alter nicht an Alzheimer erkrankt.

## Der Alzheimer

Nun sagt die Medizin, dass solche Krankheiten sich oft erst in der übernächsten Generation zeigen. Es ist also nicht auszuschließen, dass ich eines Tages aufwache und nicht mehr weiß, worüber ich schon einmal was geschrieben habe und worüber noch nicht. Ich hoffe, dann nehme ich mir ein neues Blatt und schreibe einfach weiter.

# Der perfekte Mann

*»Tabak ist hauptsächlich eine Pflanze.«*
Anton Tschechow, *Über die Schädlichkeit des Tabaks*

Glück und Liebe sind flüchtige Substanzen. Man kann sie nicht horten, es lassen sich kaum Vorräte davon anlegen. Das Glück ist leicht wie Rauch, das Unglück schwer wie Gold, das wussten schon die alten Griechen.

Mit 42 Jahren fand unsere Nachbarin Galina endlich den perfekten Mann, einen Dichter, so wie sie immer gerne einen gehabt hätte. Dieser Dichter war ein alter Kumpel ihres Exfreundes, der ebenfalls Dichter gewesen war, wie auch schon dessen Vorgänger. Galina verliebte sich prinzipiell nur in Dichter.

»Da kannst du ja später ein Erinnerungsbuch schreiben mit dem Titel *Alle meine Dichter*«, witzelten wir.

»Das ist eben mein Männer-Geschmack«, wehrte sich Galina. »Es gibt Frauen, die finden Offiziere scharf wegen des geraden Rückens, des Schnurrbarts und der Lebenshaltung. Andere stehen auf Afrikaner. Und ich mag Dichter!«

Dabei suchte Galina nicht irgendeinen beliebigen Reime-
schmied, sie fahndete gezielt nach einer großen charismati-
schen Erscheinung. Lange Zeit traf sie keine solche. Auch
Dichter sind nicht mehr das, was sie einmal waren. Ihr erster
Dichter war ein rothaariger Lyriker, den sie auf einer Park-
bank kennengelernt hatte. Der Rothaarige war von hinten
an die Bank herangekrochen, er war praktisch aus dem Wald
gekommen, hatte sich zu Galina gesetzt, sich frech als »Lebenskünstler« vorgestellt und wollte ihr auf der Stelle seinen
Gedichtband verkaufen. Das Buch sowie sein Verfasser waren beide sehr dünn. Der eine hieß Victor, das andere *Konturkarten der Liebe*. Streng genommen war Victor kein normaler Dichter mit Tasche und Bart, sondern ein Verrückter,
der durch den Park irrte und Passanten erschreckte, indem
er ihnen seine im Selbstverlag gedruckten Gedichte zum
Kauf anbot. Dabei hatte er es besonders auf Liebespaare,
Rentner und einsame Frauen abgesehen – alles Menschen,
die sich gegen fremde Poesie schlecht wehren konnten. Der
Lebenskünstler tat Galina leid. Er hatte ungewaschenes
Haar und war für die kalte Jahreszeit – der März hatte mit
Schnee und Hagel angefangen – deutlich zu leicht bekleidet.
Galina nahm die *Konturkarten der Liebe* und den rothaarigen
Autor mit nach Hause. Die Gedichte fand sie nicht so toll,
der Mann aber blieb bei ihr.

Anfangs waren sie miteinander nicht unglücklich. Victor
dichtete weiter vor sich hin, und Galina kaufte ihm eine

Jacke sowie ein Paar Schuhe. Er beabsichtigte, sich neben seiner poetischen Tätigkeit nach einer bezahlten Arbeit umzuschauen. Irgendwann einmal. Dann stellte Galina fest, dass ihr Dichter keinen Alkohol vertrug. Schon die kleinste Menge verwandelte den netten liebenswürdigen Victor in ein Monster, das Bekannte und Unbekannte angriff und sogar wildfremde Menschen auf der Straße. Galina versuchte mit wechselndem Erfolg, gegen seine Krankheit anzukämpfen. Mal siegte sie, mal der Alkohol. Anfangs war sie noch optimistisch, doch dann merkte sie, dass es sich bei diesem Kampf um ein Spiel handelte, das sie nicht gewinnen konnte. Sie und Victor waren darin bloß Spieler mit mal mehr, mal weniger Glück. Der Alkohol aber hielt die Bank. Wenn er ab und zu verlor, dann nur, damit ihnen das Spiel nicht zu langweilig wurde. Irgendwann gab Galina auf und trennte sich von dem Lyriker.

Ihren zweiten Dichter lernte sie bei einer konspirativen Lesung kennen. Die Veranstaltung fand in einer Privatwohnung statt. Eine Freundin, die ebenfalls auf den Dichter stand, hatte sie dorthin geschleppt. Der Dichter war ein Mann von großer Statur, er hatte eine Vollglatze und den Ruf eines politischen Dissidenten, eines Kämpfers gegen das sowjetische Regime, das er von ganzem Herzen hasste. Die Diktatur zahlte es dem Glatzköpfigen mit gleicher Münze heim: Sie ließ seine bereits veröffentlichten Bücher verramschen und keine neuen mehr drucken. Er durfte nicht ins

Ausland reisen und verdiente als Übersetzer für slawische
Sprachen immer weniger. Der Dichter konnte Slowenisch,
Serbokroatisch und Tschechisch und war Autor des Buches
*Die Märchen der slawischen Welt*. Galina beeindruckten seine
Gedichte nicht. Es waren politische Pamphlete, zu kämpfe-
risch, zu hasserfüllt, um eine Frau zu rühren. Die Märchen
hätten ihr bestimmt besser gefallen, doch die las der Dichter nicht vor. Aber als der Verfasser der Pamphlete nach der
Lesung zu ihr kam und fragte, wie sie heiße und ob sie mit
ihm mitkommen wolle, verzauberte er Galina mit seiner di-
rekten Art, Frauen anzusprechen.

Sie ging damals zwar nicht mit, besuchte aber all seine da-
rauffolgenden Auftritte und schenkte ihm einmal sogar Blumen – einen Bund rote Nelken, ein Symbol des im Kampf
für die Freiheit vergossenen Blutes als Zeichen der Solidarität von Frau zu Mann. Einen Monat später zog der glatz-
köpfige Dissident bei Galina ein. Aber auch dieser Zauber-
dichter hatte leider nur ein totes Kaninchen im Hut. Er war
ständig hinter fremden Frauen her. Das sowjetische Regime
bemühte sich, dem Künstler seine Lebensgrundlage zu ent-
ziehen. Die Übersetzungsaufträge aus dem Slowenischen
wurden rar, und der Künstler saß die ganze Zeit im Wohn-
zimmer oder lag in der Badewanne oder ging im Haus spazieren, um Nachbarn zu besuchen. In dem Haus wohnten
viele frisch vermählte Paare. Die Männer gingen arbeiten,
die Frauen saßen daheim und schauten aus dem Fenster.

# Der perfekte Mann

Der politische Dichter saß öfter in Galinas Bademantel ge-
hüllt in den nachbarlichen Küchen und erzählte den jungen
Hausfrauen von der Verlogenheit des sowjetischen Regimes.
Wenn er die Beine übereinanderlegte, ragte manchmal sein
Glied heraus, denn Unterwäsche lehnte der Dichter aus
Überzeugung ab. Der Dissident provozierte und polarisierte
die Hausgemeinschaft. Mehrmals wurde er von Ehemän-
nern, die früher als erwartet von der Arbeit nach Hause gekommen waren, ins Treppenhaus abgeschoben. Einige wollten sich jedoch nicht als Spießer gerieren und öffneten dem
Künstler trotz allem die Tür.

Galina brauchte viel Zeit, um diesen Mann zu verstehen. Was trieb ihn an? Was suchte er in fremden Küchen?
Mochte er Blondinen oder Brünette? Vielleicht war sie ihm
zu alt oder umgekehrt zu jung? Sie kam nicht hinter seinen
Geschmack. Der Politdichter umgab sich mit Frauen jedes
Alters und jeder Haarfarbe, ihm gefielen einfach alle. Eines
Tages brannte er mit der Tochter eines Nachbarn durch, die
gerade vor dem Schulabschluss stand. Für Galina kam das
nicht unerwartet, traf sie aber dennoch hart.

Drei Tage nach dem Verschwinden des politischen Dich-
ters klingelte es an ihrer Tür. Sie öffnete. Auf der Treppe
stand ein großer Strauß Gladiolen. »Guten Tag«, sagte der
Strauß. »Ich bitte Sie, schließen Sie nicht die Tür!« Galina
schaute über den Strauß, dorthin, wo die Stimme herkam.
Sie gehörte einem so kleinen, schmächtigen Mann, dass

er hinter dem großen Blumenstrauß nicht zu sehen war. Galina konnte sich an ihn erinnern. Es war ein Freund des Politdichters und ebenfalls Dichter. Der Dissident hatte ihn Galina einmal nach einer konspirativen Lesung als »unsere unterschätzte poetische Avantgarde« vorgestellt. Der Unterschätzte war ein gelbhäutiger Baschkire mit Schlitzaugen und langem weißen Bart. Er glich einem zu früh gealterten Teenager. Auch hatte er gewisse Ähnlichkeit mit den fliegenden Kung-Fu-Lehrern aus alten Hongkong-Filmen. Kein Wunder, dass man ihn unterschätzt, so klein wie er ist, hatte Galina damals gedacht, als sie neben ihrem großen Politdichter stand. An jenem Abend hatten mehrere Poeten ihre Werke vorgelesen, auch der langbärtige Kung-Fu-Dichter – sehr leise und sehr kurz. Niemand hatte ihn verstanden.

Er habe sich gleich in sie verliebt, erklärte ihr nun der Blumenstrauß, damals bei dieser missglückten Lesung. Er habe ihr nur nichts von seinen Gefühlen verraten dürfen, um seinen Freund, den Dissidenten, nicht zu verletzen, der doch mit ihr, Galina, zusammen gewesen wäre. Als er jedoch erfahren habe, dass der Freund sie verlassen habe, sei er sofort zu ihr gerannt. »Schließen Sie bitte nicht die Tür!«

Galina war unentschlossen. Sie hatte eigentlich Schluss machen wollen mit Künstlern, sie waren ihr allesamt viel zu windige, zu leicht beeinflussbare Wesen. Noch ein Dichter, dazu ein so kleiner? Sie ließ ihn dennoch herein.

Mit den Gedichten, die der Bärtige schrieb, konnte Galina lange Zeit überhaupt nichts anfangen. Man nannte sie »Avantgarde« oder »Lautpoesie«. Sie bestanden manchmal nur aus einer Zeile oder ein paar Buchstaben, die nebeneinandergeschrieben gar keinen Sinn ergaben. Dabei legte der Dichter großen Wert darauf, dass die Buchstaben in verschiedenen Farben auf einzelne Papierstückchen gekritzelt wurden.

Einmal hatte der Bärtige eine Lesung, in einem Kulturclub. Es kamen erstaunlich viele Menschen, um ihm zuzuhören. Der Dichter torkelte auf der Bühne hin und her wie der durchgedrehte Schamane in dem alten sowjetischen Fantasyfilm *Das Blut der Erde*. Manche Buchstaben schrie der Kung-Fu-Dichter laut heraus, manche flüsterte er schmallippig. Den Leuten gefiel es. Viele Zuhörer waren wie erstarrt, andere in einen Zustand sichtbarer Glückseligkeit versunken. Galina spürte nichts, außer dass der Kung-Fu-Dichter sie tatsächlich liebte. Er hing an ihr Tag und Nacht, und sie wunderte sich, wie viel Liebeskraft und Temperament in diesem kleinen Körper steckte.

Es war übrigens kein Wunder, dass der Dichter so dünn war: Er aß praktisch nichts. Seine Nahrung bestand hauptsächlich aus schwarzem Tee und bulgarischen Zigaretten der Marke *Stewardess*. Sein Arbeitsplatz war ausgestattet wie eine Spielecke mit Kindermöbeln: Der Dichter saß auf einer tiefen Bank, neben der links eine große Teekanne und rechts ein

Aschenbecher stand, daneben lagen Streichhölzer und eine Stange *Stewardess*. Er rauchte vier Schachteln am Tag. Auf seinen Knien hatte der Künstler seine Zettel mit Buchstaben.

Je mehr Zeit verging, desto stärker war Galina von ihm beeindruckt. Sie war dem Kung-Fu-Meister geradezu verfallen. Sie hatte das Gefühl, als wäre der so lange erwartete perfekte Dichter bei ihr eingezogen. Er trank keinen Alkohol, er ging nicht fremd, er lebte in einer fantastischen poetischen Welt, die aber für ihn sehr real war. Sein einziges Laster schien das Rauchen zu sein, eine zu vernachlässigende Schwäche.

Die Zeit verflog, die Sowjetunion löste sich auf und riss eine Menge Menschen, Freunde und Feinde, Günstlinge und Kämpfer auseinander. Eine allgemeine Verwirrung trat ein. Die Günstlinge wurden nicht mehr begünstigt, die Kämpfer hatten keinen Grund mehr weiterzukämpfen. Viele verloren dadurch ihre Existenzgrundlage. Die sowjetischen wie die antisowjetischen Dichter verkrafteten diese Veränderung der Verhältnisse schlecht. Der Kung-Fu-Meister nahm dagegen die Wende zunächst gar nicht wahr. Nur dass seine Popularität plötzlich sprungartig wuchs und große Literaturhäuser sich um seine Auftritte balgten. Seine Ein- und Zweizeiler wurden auf der ganzen Welt bekannt, seine Bücher erschienen im Ausland. Er wurde nach Paris, Jerusalem und Berlin als Ehrengast auf Lyrikfestivals eingeladen. Galina begleitete ihn natürlich.

In Paris saß der Dichter auf seinem Stühlchen im Hotelzimmer am offenen Fenster und arbeitete. Wenig später in
Jerusalem beschwerte er sich ständig über die Kälte, es frös-
telte ihn. Die Gastgeber wunderten sich, immerhin zeigte
das Thermometer 30 Grad im Schatten. Am Abend wurde
der Dichter ohnmächtig und ins Krankenhaus eingeliefert.
Er war erst 65 und hatte sich nie über seinen Gesundheits-
zustand beklagt. Die Ärzte untersuchten ihn, fanden jede
Menge Beunruhigendes und verschrieben ihm eine sofor-
tige Veränderung seines Lebensstils: gesunde Ernährung,
Spaziergänge, die er hasste, und außerdem sollte er sofort
aufhören zu rauchen, wenn er noch ein bisschen weiterle-
ben wolle. Diese Ratschläge der Jerusalemer Ärzte machten den Dichter traurig, denn das Rauchen war ein wichtiger Bestandteil seiner Persönlichkeit, genau genommen ein
Drittel von ihr. Seiner Vorstellung nach bestand er zu einem
Drittel aus Rauch, zu einem Drittel aus schwarzem Tee und
zu einem Drittel aus Buchstaben. Diese Komponenten lagen nicht nebeneinander, sondern waren auf verhängnisvolle
Weise miteinander verbunden. Nahm man eine davon weg,
würde sofort das Ganze auseinanderfallen.

Jemand hatte Galina erzählt, es gäbe in Westberlin einen
Chinesen, der mittels Akupunktur wahre Wunder voll-
bringe. Bei diesem Chinesen wurde der Dichter erneut ohnmächtig. Er kam erst einen Tag später wieder zu sich. »Gra-
tuliere, ab jetzt sind Sie Nichtraucher«, versicherte ihm der

Chinese. Und tatsächlich, das Bedürfnis nach Zigaretten hatte sich gelegt. Dafür aber trat etwas Neues in sein Leben: Jemand der unsichtbar, aber stets anwesend war. In jedem Zimmer, das der Dichter betrat, befand sich dieser Jemand bereits. Nachts wachte der Dichter auf und lief mit dem sicheren Gefühl in die Küche, dort würde jemand auf ihn warten. Ein paar Mal hätte er die Gestalt tatsächlich beinahe in der Küche erwischt: Er sah ein Stück Kleid um die Ecke verschwinden. Im Bad und beim Einschlafen streifte ihm eine unbekannte Hand übers Gesicht.

Nach langem Überlegen kam der Dichter zu dem Schluss: Es war der Rauch, der seinen Körper verlassen und sich verselbstständigt hatte. Nun wartete er darauf, dass der Künstler Abschied von ihm nahm. Er gelangte zu der Überzeugung, dass der Rauch eine »Sie« war, eine durchsichtige weiße Dame, die ihm überallhin folgte. Er dachte nur noch an sie. Galina wurde eifersüchtig. Der Dichter begann, an einem Zyklus mit dem Titel *Abschied von der weißen Dame* zu arbeiten. Tagsüber schrieb er die Zeilen auf, und nachts las er sie der durchsichtigen weißen Dame in der Küche vor. Der Zyklus bestand aus neun Gedichten. Als er beendet war, starb der Meister plötzlich – im Schlaf.

Auf einmal war Galina allein. Nur ein Haufen Blätter, eine sehr tiefe Sitzbank und eine Teetasse mit braunen Schlieren erinnerten noch an den perfekten Mann.

# Schlafwandeln

»Wer ist da, verdammt, es ist halb drei Uhr nachts!«, sagte die verschlafene heisere Stimme, die aus der Sprechanlage an der Tür kam. »Entschuldigung, ich habe mich mit dem Klingelknopf vertan«, sagte Marina. Ein vorbeifahrendes Auto blendete sie und hupte. Marina kniff sich, es nieselte, ihr Körper war feucht und kalt. »Was für ein merkwürdiger, idiotischer Traum«, dachte sie. Sie konnte es nicht erwarten, ihn endlich zu beenden.

Als Kind war sie einmal im Schlaf gewandelt. Ihre Familie bewohnte ein zweistöckiges Haus am Rande der Stadt, Marinas Kinderzimmer befand sich im zweiten Stock. Eines Nachts sah Marinas Mutter verblüfft, wie ihre Tochter im Pyjama mit ausgestreckten Händen die Treppe herunterkam. In einer Hand balancierte sie vorsichtig eine Untertasse voller Wasser. Sehr konzentriert schaute sie auf das Wasser und gab sich große Mühe, keinen Tropfen zu verschütten. Unten angekommen gab sie ihrer Mutter das Tellerchen und ging ohne ein Wort zurück ins Bett. Am nächsten Morgen konnte sie sich an nichts erinnern.

# Schlafwandeln

Seitdem war Marina nicht mehr geschlafwandelt – oder vielleicht doch? Vielleicht hatte ihre Mutter ihr bloß nichts davon erzählt? Die letzten zwei Jahre hatte Marina alleine gelebt, ohne Mutter und ohne Freund. Sie hatte niemanden, den sie fragen konnte, ob sie die Nacht durchgeschlafen habe. Vielleicht war sie jede Nacht irgendwohin gewandelt, ohne es zu wissen? Vielleicht hatte ihr höflicher Nachbar, Herr Richter, sie deswegen so komisch angeguckt, als sie ihn tags zuvor mit seinem Fahrrad unterm Arm im Treppenhaus getroffen hatte.

In einem Ratgeber für Schlafwandler und Schlechtträumer hatte Marina gelesen, es sei eigentlich ganz leicht, aus einem schlimmen Traum aufzuwachen. Man müsse sich bloß im Traum synchron an den beiden Ohrläppchen ziehen, dann wache man garantiert auf. Aber jetzt zögerte sie, diese Methode anzuwenden. Sie wollte den idiotischen feuchten Traum zu Ende träumen, denn so einen ähnlichen hatte sie vor Kurzem bereits geträumt. Sie wusste im Groben, wie er weiterging: Sie würde nämlich beim Nachbarn, Herrn Richter, klingeln, die Tür würde aufgehen, aber statt des jungen Mannes würde sie im Türspalt ein Froschgesicht sehen. Das letzte Mal hatte Marina im Traum das Froschgesicht geküsst, die Tür war daraufhin ganz aufgegangen. An dieser Stelle war sie wach geworden.

»Wer ist da, verdammt noch mal? Wissen Sie eigentlich, wie spät es ist?«, hörte sie Herrn Richters Stimme aus

der Gegensprechanlage. Marina zog sich schnell an beiden Ohrläppchen und dann noch einmal. Es war kein Traum. Sie stand tatsächlich im Regen vor ihrem Haus, in unzureichender Bekleidung, bestehend aus einem roten Slip und einer Goldkette. Hoffentlich hatte sie nicht die Wohnungstür hinter sich geschlossen, dachte Marina.

»Herr Richter, ich bin es, Ihre Nachbarin! Ich bin im Schlaf gewandelt und stehe jetzt draußen auf der Straße. Würden Sie bitte die Tür aufmachen? Danke!«, sagte Marina.

Die Haustür ging auf, Marina lief nach oben, ihre Wohnungstür war zu. Sie musste also im Schlaf aufgestanden sein, die Tür hinter sich zugezogen haben und spazieren gegangen sein. Sie klingelte erneut bei dem armen Herrn Richter. Sie hatte keine andere Wahl. Die Tür wurde einen Spalt geöffnet.

»Morgen!«, sagte Herr Richter und schaute seine Nachbarin an, die in einer ungewöhnlichen Aufmachung vor der Tür stand: in einem roten Slip und mit einem Fußabtreter als improvisiertem Oberteil, den sie als eine Art Schild mit beiden Händen vor sich hielt. Auf dem Fußabtreter stand »Welcome«.

»Trainieren Sie schon für den Karneval?«, erkundigte sich Herr Richter und hustete in seine Faust.

»Ich bin im Schlaf gewandelt«, wiederholte Marina, »und muss die Wohnungstür zugemacht haben. Auf jeden Fall

komme ich nicht mehr in meine Wohnung. Würden Sie bitte für mich einen Schlüsseldienst anrufen?«

»Kommen Sie doch herein«, sagte Herr Richter.

»Nein, ich bleibe lieber hier, aber vielen Dank für die Einladung«, sagte Marina.

Herr Richter verschwand in der Dunkelheit seiner Wohnung und erschien nach drei Minuten mit einem Bademantel in der Hand wieder.

»Ich habe beim Schlüsseldienst angerufen, sie haben versprochen zu kommen. Aber wann genau, haben sie nicht gesagt. Also kommen Sie doch bitte herein, ich habe eine Matratze übrig und kann Ihnen meinen Bademantel borgen.«

»Ich glaube nicht, dass es eine gute Idee ist, bei Ihnen zu übernachten. Das würde Ihrer Freundin sicher nicht gefallen«, sagte Marina.

»Ich habe keine Freundin«, murmelte Herr Richter. »Rein mit Ihnen, oder wollen Sie die Nacht im Treppenhaus verbringen? Wer weiß, wann dieser Schlüsseldienst kommt. Sie werden ja sowieso bei mir klingeln.«

Den Rest der Nacht verbrachte Marina auf einer Matratze, die auf dem Boden neben einem Plattenspieler lag. Marina drehte sich auf den Rücken, starrte mit großen geöffneten Augen in die Dunkelheit und zog sich prophylaktisch alle paar Minuten synchron an beiden Ohrläppchen. Sie hatte große Angst davor, in einer fremden Wohnung einzuschlafen. Wer weiß, wo sie dann hinwandelte?

# *Schlafwandeln*

Der Schlüsseldienst ließ sich Zeit. Erst um sechs Uhr morgens kam ein Schlosser. Er brauchte keine fünf Minuten, um Marinas Tür zu öffnen.

»Das macht 270 Euro, wegen der Dringlichkeit«, meinte der Schlosser.

»Und das für fünf Minuten Arbeit? Warum bin ich nicht Schlüsseldienstleister geworden«, schüttelte Herr Richter den Kopf. Er nahm sich inzwischen die Sorgen der Nachbarin wie seine eigenen zu Herzen. »Lassen Sie uns einen Kaffee trinken, zum Schlafen ist es sowieso zu spät«, schlug er ihr vor.

»Mir ist erst in dieser Nacht klar geworden, was es bedeutet, wenn man ganz alleine lebt«, gestand ihm Marina beim Kaffee. »Wenn man zum Beispiel seinen Schlüssel verliert oder wie ich schlafwandelt, ist man aufgeschmissen. Darf ich bei Ihnen für alle Fälle einen Ersatzschlüssel hinterlegen?«, fragte Marina ihren Nachbarn.

»Natürlich, gerne, überhaupt kein Problem«, sagte Herr Richter. »Sie können auch jederzeit bei mir klingeln, wenn Sie das nächste Mal schlafwandeln. Die Matratze steht Ihnen immer zur Verfügung, und ich werde auch nicht schimpfen. Ich weiß ja jetzt Bescheid.«

»Was für ein netter Mann«, dachte Marina.

Am nächsten Abend machte sie sich vor dem Schlafengehen extra schön und zog einen neuen seidenen Pyjama an. Zur Sicherheit, um den Nachbarn nicht zu erschrecken.

# Heiratsgewohnheiten verschiedener Völker

Ein österreichischer Psychoanalytiker und großer Kenner des menschlichen Unbewussten sagte einmal: »Jede Frau will ständig heiraten. Dabei spielt es keine Rolle, ob sie bereits verheiratet ist.« Er hätte sicher großen Spaß daran gehabt, den polnischen Park Arkadia zu besuchen, wo seit Jahren eine permanente Massenhochzeit stattfindet. Ich kam nach Arkadia, um einen Gartenfilm zu drehen, eine Dokumentation über einige der wenigen Gärten aus den Zeiten der Aufklärung, die den Sozialismus überlebt hatten.

Bei den Dreharbeiten störten uns die aufgeregten Bräutigame. Sie trugen uns ständig ihre großen Frauen im Hochzeitskleid ins Bild. Die Männer taten das nicht freiwillig, sondern wurden von den Hochzeitsfotografen herumkommandiert. Drei Einstellungen bevorzugten diese besonders. Erstens: Die Braut sitzt lässig am Teich auf einem steinernen Löwen mit menschlichem Antlitz, der Mann steht daneben und umarmt die Sphinx mit glücklichem Grinsen. Zweitens: Die Braut steht lässig angelehnt auf einer kleinen Brücke, der Mann sitzt unten im Boot und sorgt sich,

dass die schicken Schuhe nicht nass werden. Und in der dritten Einstellung hängt die Braut dem Bräutigam lässig am Hals, während der Mann schwitzt und sie in den Diana-Tempel trägt – ein kleines Häuschen aus vorsozialistischen Zeiten, eine restaurierte Ruine, die von früher übrig geblieben ist.

Polnische Männer sind vernünftige Menschen, sie gehen mit Sorgfalt an die Familienplanung heran. Sie wissen, die Hochzeit ist eine Entscheidung, die lebenslange Folgen haben kann. Deswegen wollen sie, so meine Vermutung, bei der Auswahl der Ehepartnerin auf einen Schlag so viel Schönheit wie möglich nach Hause tragen. Bräute unter einem Doppelzentner waren im Park nicht zu sehen.

»Ich kann nicht mehr«, sagte ein Bräutigam, nachdem ihn sein Fotograf zum fünften Mal aufgefordert hatte, seine Herzensdame in den Tempel zu tragen. »Dieses blöde Kleid ist rutschig, ich habe Angst, sie fallen zu lassen, außerdem passt sie nicht durch die Tür.« Er redete von seiner Frau stets in der dritten Person.

»Bist du ein Mann oder nicht?«, bedrängte ihn der Fotograf. »Ich muss ein richtiges Bild von euch kriegen. Sie macht immer die Augen zu, wenn ich auf den Auslöser drücke. Hol tief Luft, wir machen es noch einmal!«

Dem Bräutigam tropfte der Schweiß von der Stirn, während »sie« diplomatisch schwieg und die Augen schloss, sobald sie hochgehoben wurde.

Diese Paare lenkten mich von der Arbeit ab. Ich sollte vor dem Diana-Tempel eigentlich ein Gespräch mit der Leiterin des Parks führen, einer zierlichen ledigen Dame mit Hut.

»Sagen Sie, die Polen heiraten ja wie verrückt, und Sie leben hier in einer permanenten Hochzeitsstimmung. Wie halten Sie das nur das ganze Jahr über aus?«, fragte ich die Leiterin.

»Sie irren sich«, erwiderte die Frau. »Zwar kommt halb Warschau zu uns, um hier Hochzeitsfotos zu machen, aber nur im Sommer. Einem polnischen Aberglauben entsprechend soll man nur in den Monaten heiraten, in deren Namen kein ›r‹ vorkommt. Also zwischen Mai und August. Die r-Monate bringen Streit in die Familie, die Ehe könnte vorzeitig enden. Dafür gibt es Beispiele ohne Zahl«, erzählte sie.

Ich fand diesen polnischen Aberglauben ziemlich albern, sagte aber nichts dazu. Der Mensch ist von Natur aus unsicher, er weiß nie genau, ob das, was er tut, das Richtige ist. Da helfen ihm Aberglauben und Rituale. Es gibt sie daher in jedem Land.

In Deutschland zum Beispiel, das weiß ich aus erster Hand, müssen Braut und Bräutigam, wenn sie glücklich miteinander werden wollen, unbedingt einmal richtig die Sau rauslassen, bevor sie heiraten. Zu diesem Zweck ziehen sie seltsam gekleidet durch die Kneipen und Diskotheken

und versuchen im Schnelldurchgang an einem Abend alles zu erleben, was ihnen durch die Heirat möglicherweise entgehen könnte. Bei uns in der Russendisko fallen solche Gesellschaften besonders auf. Die Bräutigame betrinken sich in rasantem Tempo, und die Bräute beginnen bereits am Eingang mit den Türstehern zu flirten. Außerdem habe ich gehört, dass in einigen Teilen Deutschlands die Braut traditionell in ein nahe gelegenes Gasthaus entführt wird und der Bräutigam sie suchen muss. Findet er sie, muss er die Zeche zahlen.

Einen ähnlich niedlichen Brauch hat wahrscheinlich jedes Land, die Entführung wird allerdings mit unterschiedlicher Dreistigkeit durchgeführt. Während in Deutschland die Entführte Kaffee trinkt, wird in Dagestan dabei manchmal scharf geschossen. Mein Freund Alexej, ein Moskauer, heiratete unlängst eine Brünette aus Dagestan, die er in Moskau in einem schicken Restaurant kennengelernt hatte. Die Brünette stammte aus einem kleinen Bergdorf und hatte sehr viel Verwandtschaft. Es wäre unbezahlbar gewesen, all diese Menschen nach Moskau einzuladen und dort einzuquartieren. Deswegen beschloss das Hochzeitspaar, in Dagestan zu feiern, zwischen den Bergen des Kaukasus, wo die jungen Männer bereits mit vierzehn Jahren Schnurrbärte tragen und Handfeuerwaffen als Volkstracht gelten.

Dagestan hatte in der Zeit vor der Feier unerfreuliche Schlagzeilen gemacht. Islamisten terrorisierten ganze Dör-

fer, und Zeitungen berichteten von immer neuen Entführungen. Doch Alexej bekam von dem Dorfältesten zugesichert, eine Hochzeitsfeier sei auch für Islamisten heilig, es werde ruhig und anständig ablaufen. Zur Hochzeit kam das ganze Dorf zusammen. Die Dagestaner haben Ausdauer, sie können sehr lange feiern. Es wurde gesungen und getanzt, auf dem Tisch mit Messern jongliert, und die Braut wurde mit Kleingeld beworfen. Alexej bekam vom Dorfältesten als symbolische Gabe ein Gewehr und eine Grußrede geschenkt. Darin hieß es, er solle immer für seine Familie da sein, sie lieben, hüten und wenn nötig vor dem Feind verteidigen. Und sollte er einmal Probleme haben oder Hilfe brauchen, egal wo, ob in Moskau oder in New York, würde das ganze Dorf kommen und ihm zur Seite stehen. Denn ab jetzt seien sie verwandt, und Verwandtschaft schätzten die Dagestaner über alles.

Kurz nach Mitternacht wurde die Braut entführt. Ein schöner alter Brauch aus der Zeit, als Männer ihre Frauen nicht in Moskauer Restaurants kennenlernten, sondern auf Schlachtfeldern als Beute eroberten. Früher galt es als Zeichen des Mutes und der Bodenständigkeit, nachts in ein fremdes Haus zu stürmen, die Herzensdame übers Pferd zu legen und mit ihr wegzureiten – dem Eheglück entgegen. Heute, in unserer zivilisierten Welt, ist es nur noch ein Ritual. Mitten in der Hochzeit wird die Braut von den Freundinnen auf den Hof gerufen, ihr wird ein geschmückter

Müllsack über den Kopf gezogen, dann wird sie in einen Kofferraum gepackt und weggebracht. Der Bräutigam muss schließlich eine symbolische Abgabe für sie zahlen.

Dagegen wäre nichts zu sagen, Rituale sind ein wichtiger Teil der Kultur. Bloß haben die lustigen Dagestaner im ganzen Trubel der Vorbereitung vergessen, dem Bräutigam von dem schönen Plan zu erzählen. Alexej wusste also von nichts und wunderte sich sehr, als er zum Rauchen auf den Hof ging und dabei Zeuge wurde, wie seine Beinahe-Ehefrau mit einem Müllsack auf dem Kopf von zwei Unbekannten in ein Auto gestopft wurde. Alexej behielt einen klaren Kopf, lief zurück ins Haus, schnappte sich das symbolische Gewehr, das er als Geschenk bekommen hatte, lief dem Auto hinterher und schoss ganz und gar nicht symbolisch auf die Reifen. Zum Glück traf er daneben. Laufen und gleichzeitig schießen können nicht einmal Biathlonmeister.

Die Dagestaner hielten an und gaben dem Bräutigam ein paar Ohrfeigen, um ihn zu beruhigen. Währenddessen stieg die Brünette mit dem Sack über dem Kopf aus dem Auto und schlug ihre Landsmänner k. o.. Der Dorfälteste, der zur Hilfe eilte, bekam ebenfalls einen mit dem Hochzeitsschuh verpasst und trug ein drittes blaues Auge auf der Stirn davon. Danach tranken alle noch eine Runde auf den hohen Wert der Familie und sangen bis in die Morgenstunden lange dagestanische Lieder über das beste Land der Welt,

seine Berge, die den Himmel halten, das Volk, das in diesen Bergen lebt, über die Stärke der Männer und die Schönheit der Frauen.

Hinterher sagte der Dorfälteste, die Hochzeit sei hervorragend gelungen.

# Anleitung zum Unglücklichsein

Am Ende jedes Monats kaufte sich Frau Schmidt einen
Ratgeber oder zwei zu einem bestimmten Thema, obwohl
sie eigentlich gar keinen Rat suchte. Sie wollte bloß wissen,
womit sich andere abquälten, und las diese dünnen Büchlein
deswegen gerne: Wie man sich gesund ernährte, wie man
ohne Albträume schlief, und wie Streicheltiere unser Leben
bereicherten. Besonders gern mochte Frau Schmidt Bezie-
hungsratgeber. Sie lebte allein und hätte lieber zwanzig Kilo
zugenommen, jede Nacht Albträume gehabt und die ganze
Wohnung voller ekliger Streicheltiere, als eine Beziehung
einzugehen. Sie genoss ihr ausgewogenes Alleinsein. Die
Ratgeberliteratur empfand sie als SOS-Signal, einen Hilfe-
ruf von Menschen, die keine Ruhe fanden. Sie ernährten
sich von Rohkost, nahmen ständig zu oder ab, ließen sich
Muskeln wachsen, litten unter Depressionen und suchten
verzweifelt nach einem Partner oder einer Partnerin. *Männer verstehen*, *Der sichere Weg in eine glückliche Beziehung*,
*33 Arten des Kennenlernens* – sie hatte eine ganze Bibliothek
zu diesem Problem.

Ihre aktuelle Eroberung hieß *Anleitung zum Unglücklichsein*. Da musste Frau Schmidt schon über den Titel laut lachen. Sie hatte eigentlich immer Glück mit Männern gehabt, obwohl sie sie nie verstanden hat. Irgendwann bekamen alle einen Knall und zerfielen. Als junges Mädchen musste Frau Schmidt Jungs auch nicht angeln, sie wurden ihr reihenweise auf dem silbernen Tablett des Schicksals serviert.

Ihre erste ernste Beziehung kam mit einer Postsendung ins Haus. Es klingelte an der Tür, ein dürrer DHL-Fahrer starrte sie an, atmete schwer und sagte: »Guten Tag, ich heiße Roman« – mit einer Stimme, als wäre er den langen Weg von der anderen Seite der Erde zu Fuß gelaufen, um ihr diese wichtige Nachricht zu überbringen. Frau Schmidt schaute sich Roman von oben bis unten an. Er schwieg betreten, als hätte er auf einmal den Grund seines Besuchs vergessen.

»Und?«, fragte ihn Frau Schmidt.

»Unterschreiben Sie bitte hier«, sagte Roman mit verschlagener Stimme.

Sie machte ein Kreuz.

»Schöne Unterschrift«, lächelte Roman

»Habe ich lange trainiert«, lachte sie zurück.

Nach fünf Postsendungen willigte Frau Schmidt ein, mit Roman ins Kino zu gehen. Er saß die ganze Zeit mit verrenktem Hals da und schaute keine Sekunde auf die Leinwand, sondern fraß sie mit den Augen auf.

»Was ist mit dem Jungen bloß los«, dachte Frau Schmidt, fragte aber aus Höflichkeit nicht nach.

Der Film war zu Ende, die letzten Zuschauer gingen an die frische Luft. Nur Roman blieb sitzen und starrte auf ihren Kopf.

»Was ist los, Roman?«, fragte Frau Schmidt. Sie dachte, ihre Frisur sei vielleicht nicht in Ordnung.

»Siehst du denn nicht, wie ich dich anschaue?«, fragte Roman zurück.

Eine seltsame, aber rührende Anmache, dachte sie. Nach einer Weile stellte Frau Schmidt fest, dass Roman ein Alkoholproblem hatte. Er rief sie an, sie verabredeten sich fürs Wochenende, doch wenn sie kam, war er bereits breit. Die gleiche Geschichte erlebte sie später mit einem anderen Mann namens Thomas, einem Musiklehrer. Sie wollte damals Gitarre spielen lernen, ein schönes Instrument. Er zeigte ihr, wie man die Finger richtig setzte. Thomas hatte flinke dünne und sehr sichere Finger. Die von Frau Schmidt sahen daneben wie aufgeregte, zitternde Weißwürstchen aus. Das Gitarrespielen wollte nicht, dass sie es lernte. Also gab sie auf, ging von der Schule, und nahm Lehrer Thomas aus Rache und als Andenken an die Musikstunden mit nach Hause. Sie verbrachten zusammen viele schöne, aber auch hässliche Stunden. Thomas hatte eine ähnliche Marotte wie Roman. Gerade wenn es am schönsten war, fing er mit dem Trinken an.

Einmal kam Frau Schmidt nach Hause, aber Thomas machte nicht auf. Der Fernseher plärrte laut in der Wohnung, und im Flur roch es nach verbranntem Teppich. Frau Schmidt dachte, Thomas sei betrunken vor dem Fernseher eingeschlafen. Möglicherweise hatte er eine brennende Zigarette fallen lassen, und die Wohnung würde gleich abbrennen. Frau Schmidt rief für alle Fälle die Feuerwehr. Und weil die Feuerwehrleute die Wohnungstür nicht gleich aufbekamen, kletterte einer mit der Leiter von außen auf den Balkon, schlug die Scheibe ein, ging in die Wohnung und öffnete die Wohnungstür von innen. Frau Schmidts Gitarrenspieler saß selig betrunken vor der Glotze und schaute sich ein Fußballspiel an.

»Was ist hier los?«, fragte Thomas den tapferen Feuerwehrmann, der über den Balkon geklettert war.

»Ihre Frau hat uns alarmiert!«, sagte der.

»Ich habe gar keine Frau«, erwiderte Thomas. »Ich wohne ganz allein hier. Ich sehe diese Frau zum ersten Mal in meinem Leben.«

Er weigerte sich, Frau Schmidt zu kennen. Mit Mühe konnte sie ihn wieder aus ihrer Wohnung scheuchen, später bekam sie dann noch eine dreistellige Rechnung für den Feuerwehreinsatz. Damals schwor sich Frau Schmidt, keine Männer mehr mit zu sich nach Hause zu nehmen. Sie hielt sich jedoch nicht lange an diesen guten Vorsatz. Sie traf einen Polizisten, der als Freund und Helfer gut zu

funktionieren schien. Dann aber meldete er sich ohne jeden Grund als Ausbilder für einen Einsatz in Afghanistan und kam nicht mehr zurück.

Eine Zeit lang ließ sich Frau Schmidt mit einem scheuen Streichelzoodirektor ein, der nur davon träumte, jemanden zu haben, der ihn streichelte. Danach hatte sie sogar einen Feuerwehrmann, der sie unfreiwillig an den flotten Gitarrenspieler erinnerte. Immer wieder lernte sie einen Mann kennen, der gut zu funktionieren schien, doch nach einer Weile kam der gute Mann ins Straucheln. Vielleicht liegt es gar nicht an den Männern, sondern an mir?, überlegte sich Frau Schmidt.

Einmal lernte sie einen schwulen Psychologen kennen und beschloss, ihm ihr Leben zu beichten. Der Psychologe hörte ihr aufmerksam zu und stellte die These auf, dass Frau Schmidt möglicherweise bei ihren Mitmenschen eine spezielle Phobie auslöste. Sie mache die Menschen grundlos glücklich. Und diesen Zustand des Glückes könnten viele nicht ertragen. Sie begannen zu trinken oder setzten sich nach Afghanistan ab. Diese Phobie, erklärte der Psychologe, sei ein verbreitetes Phänomen in unserer Gesellschaft. Männer zogen es vor, für ihr Glück zu kämpfen, es sich mit aller Kraft zu erstreiten. Wenn sie aber grundlos glücklich gemacht wurden, entwickelten sie eine Psychose, eine Art Depression. Die Angst vor dem Glücklichsein überkam sie. Denn Glück war eine flüchtige Substanz, die jederzeit zu

verfliegen drohte. Also warteten sie insgeheim ständig voller Anspannung darauf, dass der Traum vorbei war. Je länger sie warteten, desto unerträglicher wurde für sie dieses Glück, das nicht abriss. Daran gingen sie kaputt.

»Wenn du also jemanden magst, dann rate ich dir, dich von ihm fernzuhalten«, sagte ihr der Arzt. »Das mache ich selbst auch, das geht gut. Dann machen wir niemanden traurig und depressiv, und du wirst deines eigenen Glückes Schmidt, Frau Schmidt.« Der Arzt konnte sich ein dämliches Lächeln nicht verkneifen.

Was für eine komische Diagnose, dachte Frau Schmidt und beschloss, sich eine Weile an den Rat des Psychologen zu halten.

# Walgesänge von Leopold

Jedes Mal, wenn ich zu einem Russendisko-Abend gehe, bereite ich mich nicht nur auf tanzwütiges Publikum vor, sondern auch auf lange philosophische Gespräche mit einsamen Männern, die nicht tanzen. Sie sind eine traurige Minderheit. Die meisten Menschen kommen in die Disko zum Tanzen, Saufen, Spaß haben und um jemanden kennenzulernen. Vielleicht fürs Leben, vielleicht für eine Nacht. Die Männer, die ich meine, verabscheuen die Tanzenden. Sie sind stolz auf ihre Einsamkeit und hassen laute Musik im Allgemeinen und russische Musik im Besonderen. Weil sie aber niemanden haben, dem sie diese Gefühle mitteilen können, kommen sie in die Disko. Manche kommen schon seit Jahren zu mir. Sie haben seit dem vorigen Jahrhundert kaum eine Russendisko verpasst, und ich mache mir Sorgen, wenn sie länger nicht erscheinen.

Diese Diskohasser sind in der Regel alleinstehende Männer über vierzig. Sie haben es nicht leicht. Glücksforscher haben herausgefunden, dass alleinstehende Männer über vierzig am seltensten glücklich werden. Wenn sie die Aus-

sicht auf Zweisamkeit zu lange hinausgezögert haben, merken sie eines Tages, der Zug ist abgefahren. Irgendwann finden im Menschen Prozesse statt, die nicht mehr rückgängig gemacht werden können. Gewohnheiten siegen über Träume, und plötzlich werden die eigenen Socken auf dem Küchentisch zum Symbol absoluter Freiheit – hurra, die Socken dürfen auf dem Küchentisch liegen, ohne dass einer fragt wieso! Die Misanthropie nimmt mit dem Alter zu, die Kompromissbereitschaft sinkt. Die Lust, einem anderen Menschen die ganze abenteuerliche Kette von Umständen zu erklären, die das Erscheinen der Socken auf dem Küchentisch unabdingbar gemacht haben, diese Lust schwindet. Was bleibt, sind Gleichgültigkeit und Weltekel.

Das Alleinsein hat sicher Vorteile. Man muss sich den Launen anderer nicht anpassen. Es hat aber auch Nachteile: Man wird zu einem Arschloch. Das ist an sich noch nicht das Schlimmste, was einem passieren kann, manche kokettieren sogar damit. Sie tun so, als würden sie sich sehr wohl für andere interessieren, doch hätten sie immer Pech und würden dauernd die falschen Leute kennenlernen.

So erzählte es mir zum Beispiel mein alter Bekannter Leopold, der keine Russendisko verpasst und angeblich bei uns nach der Traumfrau seines Lebens sucht. Ich kann mir ehrlich gesagt keine vorstellen, die freiwillig diesen Job übernehmen würde. Das sage ich ihm natürlich nicht. Im Gegenteil, ich spiele mit:

»Schau, wie viele tolle Frauen heute bei uns tanzen«, lade ich Leopold zum Gespräch ein.

»Bei euch in der Russendisko? Schöne Frauen? Du meinst die Omas, die sich schon bis 22 Uhr besaufen müssen, weil die Altersheime vor Mitternacht schließen?«, grinst er. Wahlweise unterstellt er den Frauen zu alt oder umgekehrt zu jung zu sein. »Schau dir diese Tussis an, worüber soll man mit ihnen reden?«

»Über Kunst, Literatur, Musik«, schlage ich vor.

»Du machst Witze!«, sagt Leopold. »Die können doch gar nicht lesen, und von Musik, von richtiger Musik, haben sie keine Ahnung. Pink Floyd, Nazareth, Judas Priest! Sie waren ja noch gar nicht geboren, als ich auf deren Konzerten abhing. Sie würden meine Lieblingssongs gar nicht kennen, das ist das Problem«, sagt Leopold.

Er will nicht einsehen, dass er selbst das Problem ist. Er sucht, wie viele Menschen, die Wurzel des eigenen Leidens bei den anderen.

»Die Frauen meiner Generation«, sagt er, »sind zu früh alt geworden. Sie sehen wie meine Klassenlehrerin aus. Und die jungen hübschen sind noch Kinder im Kopf, sie verstehen die Männer meiner Generation nicht. Wir sind für sie seltene Tiere, vom Aussterben bedroht.«

Er habe neulich eine Fernsehdokumentation über Walgesänge gesehen, die ihn sehr beeindruckt habe, erzählte Leopold. Er hatte nicht gewusst, dass Wale singen konn-

ten. Besonders erstaunlich fand er, dass nicht alle Wale dasselbe Lied sangen. In Australien würden sich beispielsweise
die Walgesänge der Ostküste von den Gesängen der Wale
an der Westküste unterscheiden. Dabei sind diese Gesänge
als Kommunikationsangebote zu verstehen. Auf diese Weise
finden die Säugetiere zueinander, lieben und vermehren sich.

Die Walforscher freuten sich über die Vielfalt der Unter-
wassermusik. Allerdings konnten sich West- und Ost-Wale
lange Zeit nicht paaren, weil sie Unterschiedliches sangen.
Eines Tages aber gelang es den West-Walen, die Ost-Wale
von ihrem Gesang zu überzeugen. Einer nach dem anderen fingen die Wale des Ostens an, westlich zu singen. Die
letzten, die noch immer auf Ost-Musik standen, bekamen
immer weniger Partner ab, bis sie beinahe ausstarben. Inzwischen hat die Westküstenmusik die Herzen der Wale im
Pazifik und im Indischen Ozean erobert, und die Wissenschaftler haben mit Mühe den letzten ostsingenden Wal in
einem Aquarium isolieren können. Er singt dort ganz allein
vor sich hin, wohl wissend, dass ihn keiner versteht, und wird
von neugierigen Menschen untersucht, um herauszufinden,
was ihn dazu bringt, gegen den Willen der Mehrheit weiterhin Unverständliches zu singen. Ist der Wal blöd? Ist er einfach stur? Oder hat er einen ausgefallenen Musikgeschmack?
Oder weiß er etwas, was die Forscher nicht wissen?

»Ich«, meinte Leopold, »wusste sofort Bescheid, wovon der Wal singt. Ich fühle mich nämlich wie er in einem

Aquarium eingesperrt. Alle schauen mich an, aber keiner versteht mich.«

Ich nickte, obwohl ich ihn auch schwer verstand, die Musik spielte zu laut.

»Wie hört sich denn so ein Walgesang an?«, fragte ich ihn.

»Ungefähr so«, sagte Leopold, griff sich mein Mikrofon und gab ein entsetzliches Geräusch von sich, einen Schrei, der meine Musik übertönte und wegen der Rückkopplung ein ohrenbetäubendes Pfeifen verursachte, sodass eine Tanzpause eintrat. Die Menschen schauten erschrocken und verständnislos zu uns hoch, niemand verstand etwas. Nur aus einer dunklen Ecke brüllte jemand zurück – genauso furchterregend.

»Wart mal ab, die Letzten werden vielleicht die Ersten sein«, meinte Leopold stolz.

# Vegan für Einsteiger

Rustem hatte gedacht, in diesem Land würde ihn nichts mehr wundern. Doch das Müsli-Restaurant hat ihm den Rest gegeben. Anna Lena wollte ihm dort unbedingt zeigen, wie fleischlose Ernährung ging. Die Lokaleinrichtung erinnerte ein wenig an einen Kindergarten, dessen Leitung es nicht übers Herz gebracht hatte, die Kinder nach Erreichen der Volljährigkeit rauszuschmeißen. Nun saßen die großen Kleinen an Miniatur-Plastiktischchen und schlürften mit ernsten Gesichtern ihren Brei: in Sojamilch getunkte Körner. In diesem Restaurant arbeitete Anna Lena. Abends kochte sie für die Gäste, tagsüber organisierte sie »Vegan für Einsteiger«-Kurse.

Rustem hatte sich schon früher gefragt, während er kreuz und quer durch Berlin lief, wie die Menschen hier eigentlich lebten. Wie feierten sie ihre Feste? Selbst wenn man annahm, dass die Stadtbewohner niemals heirateten, Kinder bekamen oder starben, bliebe trotzdem noch die Frage, was sie taten, wenn sie Besuch bekamen. Schlachteten sie ihre Katze? Oder holten sie dem Besuch einen speziellen Gastfreundschafts-

Döner vom Imbiss um die Ecke? Seit sechs Monaten in der Stadt, hatte Rustem noch kein einziges Lamm gesehen, nirgends. In seinem Heimatdorf in den Bergen Dagestans begleiteten Lämmchen hingegen jede Art menschlicher Kommunikation. Kein Freudenfest und keine Trauerfeier, kein Zusammenkommen und kein Abschiednehmen konnte ohne Lämmchen stattfinden. Hier in Deutschland lernte Rustem zum ersten Mal durch seine Freundin Anna Lena den Grundgedanken der fleischlosen Küche.

»Tiere sind wie wir. Sie träumen, sie haben Gefühle, sie fürchten sich vor Schmerzen und haben große Freude am Sex«, sagte Anna Lena, die mit Nachnamen Spieß hieß, und schaute Rustem mit ihren großen grünen Augen tief in die Seele.

Rustem liebte diesen Blick. Er hatte das Gefühl, sein Herz würde wachsen und wachsen und irgendwo in seinem Hals stecken: Er hörte es laut in den Ohren klopfen, wenn Frau Spieß ihn so ansah.

»Wir Menschen quälen Tiere ohne Grund, denn wir können uns wunderbar ernähren, ohne andere Lebewesen zu verarschen, zu foltern, zu zerstückeln und zu grillen. Durch eine ausgewogene pflanzenbasierte Ernährung.«

Das Herzklopfen war unerträglich laut geworden. Rustem dachte, gleich würde sein Körper zu vibrieren beginnen.

»Durch zahlreiche delikate Müslivariationen, den fantasievollen Umgang mit Nüssen und Früchten und die

Wiederentdeckung vergessener Getreidesorten, die modern interpretiert werden, können die Menschen würdevoll satt werden und in vollem Einklang mit der Natur leben«, fuhr Frau Spieß fort.

Rustem schmolz dahin, wenn er ihre Vorträge hörte. Er besuchte jeden Tag ihren Kochkurs »Vegan für Einsteiger«, obwohl ihn der kulinarische Aspekt überhaupt nicht interessierte. Abends durfte er ihr beim Kochen helfen.

Er hatte Anna Lena im Babylon-Kino kennengelernt, bei einer Woody-Allen-Retrospektive. Es hatte in Strömen geregnet, er hatte nichts vor, und auf dem großen Kinoplakat vor dem Eingang stand über Woody Allen, dass für diesen Filmemacher »Sex schon immer ein zentrales Thema« gewesen sei. Rustem kaufte sich einen Döner und ein Bier und ging in die Vorstellung. Er hatte schon in der Presse von Woody Allen gelesen, aber noch nie einen Film von ihm gesehen. Im dunklen Kinosaal dachte Rustem die ersten Minuten, er sei alleine in der Nachmittagsvorstellung. Er aß und pfiff laut. Jemand zischte ihn zur Ruhe. Er schaute sich um und entdeckte ein Mädchen in der letzten Reihe.

»Ich verstehe nichts in diesem Film. Was hat der Alte für ein Problem?«, fragte er laut.

»Das erkläre ich dir, wenn du deinen Döner wegschmeißt«, meinte Anna Lena.

So hatten sie sich kennengelernt. Sie lud ihn zu ihrem Kochkurs ein, und gleich am ersten Abend verliebte er sich

in diese ungewöhnlich toughe Frau mit den grünen Augen. Solche Mädchen gab es in seinem Dorf nicht. Frau Spieß brachte Rustem buchstäblich um den Verstand. Die Stunden, die sie zusammen verbrachten, waren die besten seines Lebens. Nur die gemeinsame Ernährung gestaltete sich schwierig. Er durfte zum Beispiel keine Joghurts essen, weil diese auf unehrliche Weise hergestellt wurden: Kühe würden von Menschen jedes Jahr hinterhältig künstlich geschwängert, ihre Kälber bekämen sie aber in der Regel nicht zu Gesicht. Die würde man ihnen gleich nach der Geburt wegnehmen und umbringen. Aus ihrer Muttermilch werde dann Joghurt für Rustem gemacht, obwohl diese Milch eigentlich für das getötete Kalb gedacht war. Deswegen sollte Rustem kein Joghurt mehr essen, erklärte ihm Frau Spieß.

Den Honig, den Rustem ebenfalls gerne mochte, nannte Anna Lena »Bienenkotze«. Rustem hatte gedacht, Bienen würden ihren Honig so oder so produzieren, ob mit oder ohne Menschen, weil darin nun einmal ihre Lebensaufgabe bestehe.

»Aber doch nicht, um die Menschen mit ihrem Honig zu füttern«, lachte Anna Lena ihn aus. »Bienen stellen nur die Menge Honig her, die sie brauchen, um ihren eigenen Nachwuchs zu füttern. Weil ihnen die Menschen aber die vollen Waben klauen und stattdessen künstliche leere Waben hinstellen, denken die Bienen: ›Ach wie blöd, jetzt sind

wir den ganzen Tag herumgeflogen und haben nichts gesammelt.‹ Sie ziehen wieder los, und die Imker lachen sich ins Fäustchen«, erklärte Frau Spieß. »Die Menschen machen die Bienen verrückt, sie machen die Kühe verrückt, und sie machen sich selbst verrückt, weil sie ausblenden, wie viel Leid sie den Tieren antun«, meinte sie.

Immer wieder versuchte Rustem, Anna Lena diesen Blödsinn auszureden. »Wenn deine Theorie stimmen würde, müsste doch diese Stadt voll von glücklichen Lämmern sein. Ich sehe aber kein einziges!«, sagte er.

»Hier in der Stadt haben Lämmer nichts zu fressen. Aber da, wo ich herkomme«, meinte Anna Lena, »gibt es mehr Lämmer als Menschen. Alle sind gleichberechtigt und führen ein glückliches Leben in gegenseitiger Achtung. So sollte es eigentlich überall sein.«

»Ach komm, Frau Spieß. Lebewesen unterscheiden sich doch von Steinen, weil sie Schmerzen empfinden und endlich sind. Darin besteht der bittere Spaß des Lebens. Es ist eine unaufhörliche Räuberei. Wir kommen aus dem einen Bauch und enden in einem anderen. Das Leben ist bloß eine Rauchpause auf dem Gastmahl, zu dem wir alle eingeladen sind, allerdings in zweierlei Rollen – die einen als Gast, die anderen als Speise. Es geht am Tisch zügig los, es gibt keine leeren Stühle, und die Tischdecke wird ab und zu mit Blut befleckt. Aber dafür muss keiner mit leerem Magen gehen. So ist es bei uns im Dorf«, erklärte Rustem seine Sicht.

»Wir reißen die Decke vom Tisch und kochen für alle etwas Schönes, ohne dem Nachbarn Leid zuzufügen!«

Aber Anna Lena war nicht von ihrem veganen Weg abzubringen. Ihr Traum war ein veganes Restaurant in Berlin mit Rustem als Koch. Im Sommer fuhren sie zusammen nach Friesland, um Anna Lenas Eltern, die Familie Spieß, zu besuchen. Dort sah Rustem zum ersten Mal deutsche Lämmer. Sie standen überall entlang der Deiche und auf den unnatürlich grünen Wiesen – so grün wie die Augen von Anna Lena. Die Lämmchen waren unglaublich rund und sahen sehr intelligent aus. Als wären sie alle mit Woody Allen verwandt.

# *Nett anbaggern*

Männer trinken sich in der Disko Mut an, um eine Dame ihres Vertrauens kennenzulernen. Sie glauben, angetrunken würden sie besser ankommen, nicht so steif und busenfixiert wie sonst immer, sondern gut gelaunt, witzig und authentisch. Tatsächlich verleiht ihnen der Alkohol diese Eigenschaften – ihre Augen leuchten, ihre Haut wirkt nicht mehr blass. Die tollsten Witze, todsichere Nummern, mit denen sie schon im Kindergarten beim Erziehungspersonal gepunktet haben, fallen ihnen plötzlich wieder ein. Wie Aschenputtel in verzauberten Kleidern eilen sie zum Ball. Doch spätestens um Mitternacht ist Schluss mit lustig. Die Zauberwirkung des Alkohols lässt nach, und man muss immer wieder nachtanken. Am Ende wird nicht der belohnt, der die besten Witze erzählt, sondern der, der am meisten vertragen kann.

In dieser Hinsicht ähneln wir den Fruchtfliegen, unseren wahren Vorfahren. Viele Menschen finden sie lästig, manche hassen sie regelrecht für ihr lästiges Herumkreisen im Spätherbst. Niemand fragt sich, warum Fruchtfliegen sich so abhetzen. Ob es eine dunkle Vorahnung über das zu kurz

geratene Leben ist, die ihnen die Ruhe raubt? Sie wissen irgendwie, dass sie bei Weihnachten und Silvester nicht dabei sein können, auch nicht beim internationalen Frauentag. Ob Erster-Mai-Demo oder entspannte Sommerparty am Strand – die Fruchtfliegen feiern nicht mit. Sie sind im Spätherbst beheimatet, wie Schwerverbrecher im Knast, wie Wolken am Himmel, wie das Scheitern in Berlin. Noch bevor der erste Weihnachtsmann durch die Straßen torkelt, werden sie verschwinden, und keine Sau weint ihnen eine Träne nach. Außer mir vielleicht.

Dieses Wissen lässt die Fruchtfliegen im November schräg in der Luft hängen. Dazu kommt natürlich noch, dass sie ständig besoffen sind. Sie leben von, mit und im Alkohol. Auch diese Vorliebe für Hochprozentiges teilen die Fruchtfliegen mit den Menschen – bis in kleinste Details. Der englische Fruchtfliegenforscher Smith bezeichnet in seiner Arbeit *Die drei Phasen der Trunkenheit bei der Fruchtfliege* die erste als ausgelassene, hyperaktive Phase. Sie eignet sich perfekt für zwischengeschlechtliches Anbaggern. Dieser Phase folgt jedoch eine zweite, die müde, unkoordiniert und gleichgültig macht. Fliegen wäre in dieser Phase noch möglich, ist aber den Aufwand nicht wert. Und schließlich kommt die vielen Menschen bekannte Komaphase, deren Hauptmerkmal die vollkommene Unbeweglichkeit ist. Sie kann unter Umständen gefährlich sein und sogar zum Tod durch Ertrinken im Alkohol führen.

## Nett anbaggern

Das ganze Leben einer Fruchtfliege gleicht einem Diskobesuch. Um das Weibchen zu ergattern, muss das betrunkene Männchen einen Tanztest bestehen. Kaum tritt das Männchen dem Weibchen gegenüber, schießt dieses sofort erst zur einen Seite, dann zur anderen Seite und immer so weiter. Das Männchen muss hinterherspringen. Es kommt zu einem schnellen Tanz, und wenn das Männchen durchhält und nicht in Lethargie oder ins Koma fällt, bleibt das Weibchen irgendwann einfach stehen. Auf diese Weise findet die sexuelle Auslese statt, zugunsten derer, die gut mit Alkohol umgehen können, meint der Fliegenforscher Smith.

Sein Kollege Brooks, ebenfalls Fliegenforscher, hat mit einer anderen Gattung, den weißbäuchigen Fruchtfliegen, experimentiert. Sie singen statt zu tanzen. Das geschieht mittels Flügelvibrationen. Im Laufe des Liedes variiert das Männchen sein Lied in Zyklen – mal beschleunigt es seinen Gesang, mal wird es wieder langsamer. Das Lied soll das Weibchen in romantische Stimmung versetzen, damit sie den Sänger zu sich lässt.

Einmal haben die Wissenschaftler Smith und Brooks ihre Fliegen zusammengetan, damit sie sich gegenseitig anbaggern konnten. Doch daraus wurde nichts. Dem Gesangweibchen hat der Tanz gar nichts bedeutet, das Tanzweibchen dagegen hat das Lied nicht verstanden. Sicher werden ungeduldige Leser an dieser Stelle fragen: Und

jetzt? Welche Lehre ziehen wir, verdammt noch mal, aus dieser Geschichte? Saufen oder nicht saufen?

Ich meine, wir müssen mehr trainieren und Fruchtfliegen beobachten. Sie sind wie wir. Sie singen und tanzen, sie küssen einander sogar. Sie sind temperamentvoll, zäh und liebessüchtig. Zwanzig Prozent von ihnen sind schwul, ihre Lebensdauer beträgt im Schnitt sechzig Tage, und die Kopulation dauert etwa zwanzig Minuten.

Wenn man so viel Zeit wie ich hinter dem DJ-Pult verbringt, kommt man zwangsläufig zu der Erkenntnis, dass all diese Tanzveranstaltungen in letzter Konsequenz nur einem einzigen Zweck dienen. Sie sollen dem einen helfen, den anderen anzubaggern. Möglichst nett und unauffällig. Deswegen flimmert das Licht, deswegen schießen coole Songs aus den Lautsprechern, und deswegen fließt der Alkohol. Diejenigen, für die das Ganze organisiert ist, stehen stramm in den Ecken, oder sie torkeln und springen auf der Tanzfläche herum, fressen einander mit den Augen auf, schaffen es aber kaum, ihr Gegenüber in ein Gespräch zu verwickeln. Das Einzige, was sie einander zu sagen haben, ist: »Schickste mir eine SMS? Gibst du mir deine Nummer?« Das klingt nicht gerade nach einer Zauberformel für intensive Kommunikation.

Vielleicht ist eine Disko auch einfach der falsche Ort, um andere zu erreichen, und man braucht stillere Plätze, um jemanden anzubaggern. In meinem Umfeld haben sich fast

alle Leute an irgendwelchen Haltestellen oder auf Bahnhö-
fen kennengelernt. Das war früher, als noch nicht alle Menschen Handynummern hatten und Busse oder Züge öfter
und mit Verspätung fuhren.

Aber auch heute gibt es das noch manchmal. Letzten
Herbst wartete meine Cousine einmal auf einen Bus, als
ein Künstler auf sie zukam. Er hatte lange Haare, eine Bas-
kenmütze, einen langen bunten Pullover, einen zerwuselten
Schnurrbart, schwarze leuchtende Augen und eine Künst-
lermappe unter dem Arm. »'tschuldigung!«, rief er. »Ich habe
mich gar nicht vorgestellt, ich bin Maler!«

»Sie müssen sich dafür weder entschuldigen, noch brauchen Sie sich vorzustellen, wenn Sie in solchen Klamotten
herumlaufen. Man sieht von Weitem, dass Sie Maler sind«,
antwortete meine Cousine.

»Ich musste Sie aber ansprechen«, fuhr der Maler fort.
»Ich muss Ihnen sagen, dass Ihr Gesicht genau das Gesicht
ist, das ich schon lange erfolglos in der Menge suche. Ich
brauche dieses Gesicht, um das einzig wahre Bild, das Ziel
und die Rechtfertigung meiner künstlerischen Existenz, zu
erschaffen, damit die Weltöffentlichkeit in Staunen und Anerkennung vergeht. Ich bin zu aufgeregt, zu verzweifelt, ich
äußere mich etwas wirr, Sie verzeihen mir! Um es auf den
Punkt zu bringen: Würden Sie mir Modell sitzen? Heute?
Jetzt? Sonst haben Sie meine Seele auf dem Gewissen!«

Meine Cousine fühlte sich geschmeichelt. Mehr noch:

Sie war hin- und weggeschmolzen von einem solchen Ausbruch der Gefühle. Außerdem hatte sie schon länger den Wunsch gehabt, sich ein Porträt an die Wand zu hängen.

»Ich gehe nirgendwohin mit Ihnen«, sagte sie. »Heute auf jeden Fall nicht. Aber morgen könnte ich mir vorstellen, Ihnen Modell zu sitzen, wenn es nur um das Gesicht geht.«

»Nein!«, rief der Maler, »morgen ist es zu spät! Die Begeisterung, die Muse, das Licht!« Sie verabredeten sich für zwei Stunden später in seinem Atelier am Ende der Welt. Sie kam zusammen mit einer Freundin, weil ihre Mutter sie anherrschte, niemals allein zu unbekannten Leuten zu gehen, auch nicht mit 27 Jahren. In der Künstlerwerkstatt sah es aus wie in einem Schweinestall. Überall lagen Essensreste auf dem Boden, dazwischen rannten Kakerlaken groß wie Meerschweinchen herum, und man sah kein einziges Bild weit und breit. Meine Cousine setzte sich zum Posieren auf den einzigen Stuhl im Atelier, der nur drei Beine hatte. Zweieinhalb Stunden dauerte das Malen. Das Bild, das am Ende herauskam, war so was von schlecht, dass meine Cousine vor Wut in Tränen ausbrach. Man sah nur irgendwelche Flecken, Ovale und Dreiecke auf der Leinwand. Laut fluchend verließ sie das Künstleratelier, die Freundin lief hinter ihr her.

Ein Jahr später traf sie eine andere Freundin, die gerade frisch verliebt und schwanger war. »Ich bin mit einem sehr interessanten Künstler zusammen«, erzählte sie. »Wir haben

uns zufällig an einer Bushaltestelle kennengelernt. Er ist unsäglich begabt, und weißt du was, er hat sogar dein Porträt an der Wand in seinem Atelier hängen, eine Anlehnung an Picassos Frühperiode. Ich habe dich sofort erkannt.«

Im November des gleichen Jahres wurden die Mäuse im Hause meiner Schwiegermutter Tatjana Alexandrowna besonders frech. Früher trauten sie sich nicht einmal, nachts den Keller zu verlassen. Jetzt konnte man sie sogar am Tage im Schlaf- oder im Gästezimmer erwischen. Immer öfter fand meine Schwiegermutter Mäusekacke auf dem Esstisch in der Küche. So ging es nicht weiter. Sie fuhr in die Stadt, um die epidemiologische Station aufzusuchen, die für die Bekämpfung von Nagetieren zuständig war und preiswert Gift abgab. Der Zug hatte wie immer Verspätung. Meine Schwiegermutter stand auf der Plattform und beobachtete, wie die Schneeflocken vom Himmel fielen. Es war der erste Schnee des Jahres.

»Danke! Sie haben uns den Winter gebracht«, sagte ein Unbekannter mit goldenem Zahn zu ihr. Er hielt die Schwiegermutter anscheinend für eine Touristin, die in den kaukasischen Bergen Urlaub machte.

»Ich habe Ihnen gar nichts gebracht. Ich wohne hier«, konterte sie.

»Das kann nicht sein, ich kenne alle hübschen Frauen in dieser Gegend«, wunderte sich der Mann mit dem Goldzahn.

»Na, offenbar doch nicht alle«, lächelte meine Schwiegermutter.

»Ich bin sehr einsam«, fuhr ihr neuer Bekannter fort. »Ich
bin Jahrgang 1941, viele meiner Freunde sind tot, ich suche
jemanden, dem ich mein Herz ausschütten kann.«

»Und ich suche nach der epidemiologischen Station, die
für die Bekämpfung der Nagetiere zuständig ist«, antwortete
Tatjana Alexandrowna.

»Ich weiß, wo die ist! Ich kann Ihnen den Weg zeigen«,
behauptete der Einsame. Sie stiegen zusammen in den Zug.

»Wenn Sie als Jahrgang 1941 noch immer niemanden
gefunden haben, dem Sie Ihr Herz ausschütten können«,
sagte die Schwiegermutter, »dann waren Sie entweder seit
Kriegsende betrunken, oder Sie haben Ihr Herz so oft und
an jeder Ecke ausgeschüttet, dass Ihnen niemand mehr
glaubt.«

»Sie sind eine sehr scharfsinnige Frau«, schnaufte Jahrgang 1941. »Sie haben recht, ein bisschen von beidem. Aber
jetzt suche ich im Ernst jemanden, und ich trinke keinen
einzigen Tropfen mehr.«

»Wenn Sie, Jahrgang 1941, gar nichts trinken, dann sind
Sie entweder schwer krank, oder Sie haben in Ihrem Leben
solche Mengen getrunken, dass sie jede weitere Aufnahme
von Alkohol unmöglich machen«, dachte die Schwiegermutter laut.

»Eher das Zweite als das Erste«, bestätigte ihr der neue Be-

kannte, der Dimitrij Iwanowitsch hieß. »Sie sind aber auch wirklich eine unglaublich scharfsinnige Frau«, staunte er.

Der Zug fuhr langsam durch den Schnee, eine Gesprächspause entstand.

»Wenn Sie so scharfsinnig sind, wissen Sie vielleicht, warum mir ständig die Gelenke frieren?«, sagte Dimitrij Iwanowitsch völlig unvermittelt und brachte mit dieser Frage meine Schwiegermutter zum Lachen.

Die beiden haben sich dann tatsächlich angefreundet, obwohl Dimitrij Iwanowitsch in zwei Dörfern Familien mit Kindern hatte. Er half der Schwiegermutter bei der Mäusebekämpfung, reparierte die alte Stromleitung und verlegte die Kacheln im Bad neu. Aber dann – erst kürzlich – starb er an Nierenkrebs.

# Frau Müller

Ich habe Frau Müller vor zehn Jahren auf einer Party kennengelernt, als ich eine Scheinehefrau für meinen Freund Georgij suchte. Um Telefonkosten für Ferngespräche zu sparen, wollte ich damals meine beiden besten Freunde aus Moskau nach Berlin holen und hatte jedem eine Einladung geschickt. Für den einen kam die Einladung zu spät: Mein Freund Andrej, mit dem wir im Kindergarten am gleichen Tisch gesessen und uns gegenseitig mit Grießbrei beworfen hatten, war bereits nach San Francisco abgedüst. Es hatte ihn schon immer nach Amerika gezogen. Dafür hatte er sich zunächst in Moskau bei einer amerikanischen Einrichtung beworben, die Erzieher und Pfleger mit guten Englischkenntnissen für geistig behinderte amerikanische Kinder suchte. Damals erschien eine solche Beschäftigung vielen verlockend, um ein fremdes Land kennenzulernen und dabei noch Geld zu verdienen.

Nicht einmal seine Eltern hatten geglaubt, dass ihr Andrej diesen Job bekommen würde. Er schaffte es aber durch das Auswahlverfahren und fuhr nach Nashville in Tennessee,

das in Russland fälschlicherweise als Heimat von Johnny Cash gilt. Andrej war sehr blauäugig gewesen, als er sich seinen Alltag dort vorgestellt hatte: Tagsüber würde er mit behinderten Kindern durch die Gegend laufen und Eis essen, abends würde er mit Johnny Cash in einer Kneipe sitzen. In Nashville geriet er aber in eine geschlossene Einrichtung für Schwerbehinderte, die sein Englisch nicht verstanden und ihn ständig mit Popcorn bespuckten. Dieses Nashville erwies sich als richtiges Loch, und Johnny Cash war auch nie dort gewesen.

Nach einem Monat verließ Andrej seinen Arbeitsplatz und fuhr nach San Francisco. Dort lebte bereits seit über einem Jahr ein anderer Kindergartenfreund von uns, Roman. San Francisco ist eine Stadt mit vielen Sondergesetzen. Dort kann beispielsweise eine Baufirma nur dann einen staatlichen Auftrag bekommen, wenn sie mindestens 30 Prozent schwule Bauarbeiter beschäftigt. Solche Leute sind dort also Gold wert. Andrej schwulte sich schnell zu einem Bauarbeiter um und bekam sofort einen Job. Regelmäßig schickt er uns seitdem Briefe aus Kalifornien mit lustigen Geschichten über Männersex auf amerikanischen Baustellen.

»Du kannst diese Geschichten ruhig für deine Arbeit verwenden«, schrieb er mir neulich. »Du kannst es auch so schreiben, als wäre dir das alles passiert.«

Auf dieses großzügige Angebot möchte ich aber verzichten. Die Geschichten sind zwar oft ganz spannend, doch

tief in meinem Herzen bin ich froh, dass das alles nicht mir passiert ist.

Zurück zu Frau Müller: Mein anderer Kindergartenfreund, Georgij, kam mit meiner Einladung im Sommer 1991 nach Berlin. Er hatte ein Touristenvisum für zwei Wochen, die schnell vorbei waren. Die einzige Möglichkeit für ihn zu bleiben, war, ganz schnell eine Scheinehefrau zu finden. Am besten eine, die nicht allzu geldorientiert war, denn wir hatten damals nichts. Also ging ich von einer Party zu anderen und suchte nach einer Scheinbraut für meinen Freund. Er selbst tat in der Zwischenzeit alles, um seinen Aufenthalt in Deutschland zu verkürzen: Einmal lieh er sich zum Beispiel von einem Bekannten einen alten Trabant, um damit zum Tegeler See zu fahren. Er schaffte es bis zum Wedding und blieb dann mitten auf der Seestraße stehen. Der Tank war voll und auch sonst alles scheinbar in Ordnung. In äußerster Verzweiflung schob Georgij, der sich für einen begabten Automechaniker hielt, den Wagen in eine Fußgängerzone und fing an, ihn auseinanderzubauen. Natürlich kannte sich mein Freund mit den Feinheiten der ostdeutschen Autoindustrie nicht aus. Er wusste nichts von dem kleinen geheimen Hebel, den man bei halb vollem Tank auf Reserve umstellen musste. Diesen Trick hatte die sowjetische Industrie nicht einmal bei Motorrollern verwendet. Georgij hielt diesen Benzinhahn für eine nicht funktionierende Lüftungsanlage. Nach zwei Stunden beschloss er, einen einheimischen

Spezialisten aufzusuchen und ging zu einer Tankstelle in der Nähe. In seiner Abwesenheit trat ein Fußgänger gegen den Trabant, und dieser kam ins Rollen, wobei er einen Blumenladen rammte.

Aber zurück zu Frau Müller. Sie war aus Nürnberg nach Berlin gekommen, um hier irgendetwas zu studieren. Zu Hause hatte Frau Müller eine strenge katholische Erziehung durchlitten. Sie durfte zum Beispiel ihren Freund am Wochenende nicht zu sich nach Hause einladen. Deswegen ging in Berlin dann gleich das wilde Leben los. Sie wohnte in einer WG und lud nicht nur am Wochenende, sondern täglich alle Freunde und Freundinnen zu sich nach Hause ein. Frau Müller hatte einen ausgeprägten Sinn für Gerechtigkeit, außerdem stürzte sie sich auf alles, was ihre Eltern ablehnen würden. Und so erklärte sie sich bereit, meinen Freund vom Fleck weg zu heiraten.

Beide hatten am Anfang große Kommunikationsschwierigkeiten. Aber dann kaufte Georgij in einer Kreuzberger Kneipe für sein letztes Geld etwas, das wie Laub aussah, das jedoch – wie der Verkäufer versicherte – Magic Mushrooms sein sollten. Frau Müller kostete etwas von diesem Zeug, anschließend kotzten die beiden das Zimmer voll und wurden dabei wie Bruder und Schwester. Nichts bringt die Menschen einander näher als gemeinsames Leiden.

Die Scheinehe wurde geschlossen und hielt vier Jahre. Eine Zeit lang verwandelte sie sich sogar in eine wahre Lie-

besbeziehung. Nach einem Jahr verliebte sich Frau Müller aber in einen Japaner, der in Berlin Architektur studierte und auf uns immer sehr müde wirkte. Er sah einem nie in die Augen und tat nur das, was Frau Müller ihm sagte. Wir vermuteten, dass sie ihren Japaner hypnotisiert hatte.

Danach verliebte sie sich noch in einen Ägypter und wollte ihn sogar heiraten, was natürlich unsere Scheinehe gefährdete. Zum Glück war die Familie des Ägypters streng dagegen. Seine Eltern hatten ihn gegen seinen Willen mit einer arabischen Schönheit aus dem Nachbarhaus zwangsverheiratet. Frau Müller wollte zum Islam übertreten und als Zweitfrau bei dem Ägypter einsteigen, was sie mit Blick auf ihre Eltern auch bestimmt getan hätte, wenn sie sich zu diesem Zeitpunkt nicht in einen anderen Mann verliebt hätte.

Nach vier Zitterjahren wurde unsere Scheinehe erfolgreich geschieden. Georgij bekam eine Aufenthaltserlaubnis und beschloss, nie wieder zu heiraten. Er hätte nie gedacht, dass eine Ehe so anstrengend sein konnte.

Frau Müller ging nach acht Jahren turbulenten Berliner Studiums nach Nürnberg zurück, wo sie nun mit ihrem alten Freund zusammenlebt, der sie früher am Wochenende nie zu Hause besuchen durfte.

Vor einiger Zeit bekamen wir eine Weihnachtskarte von ihr. Darauf küssen sich zwei blöd aussehende Affen mit roten Zipfelmützen. Wir wissen nicht, wie Frau Müller das gemeint hat. Wir hoffen, es geht ihr gut.

# 9 ½ Wochen

Drei Mal in meinem Leben war ich als Trauzeuge geladen, und jedes Mal fand die Vermählung nicht statt. Beim ersten Mal, in Moskau, als meine Cousine ihren Sylvester Stallone heiratete, erschien der Bräutigam nicht zum angekündigten Termin, weil er mit Freunden Fußball spielte. Dann, als mein bester Freund heiratete, weigerte sich seine Braut, mit zum Standesamt zu kommen. Das war peinlich. Mein Freund und ich standen glatt rasiert und bestens angezogen, jeder mit einem Blumenstrauß in der Hand vor ihrem Haus und warteten. Sie hatte sich in ihrer Wohnung verbarrikadiert und wollte nicht mit uns reden. Mein verzweifelter Freund meinte, ich würde als Zeuge Unglück bringen. Ich lehnte diese Theorie wütend ab.

Beim dritten Mal wurde ich als Trauzeuge in Berlin eingeladen, als unsere Freundin Katja beschloss, ihren schwedischen Freund Sven zu heiraten. Die Eheschließung sollte kurz vor Weihnachten stattfinden. Katja hatte zwar schon ein sauteures Hochzeitskleid bestellt und 31 Gäste eingeladen, trotzdem plagten sie noch Zweifel. Schuld daran war

eine alte Psychotherapeutin, die Katja auf einer Party kennengelernt hatte. Diese behauptete, wenn der erste Rausch
der Liebe vorbei sei, müsse sich das Paar bemühen, sein Intimleben ständig neu anzufachen. Wenn einer der beiden
dazu nicht bereit sei, würde die Beziehung hundertprozen-
tig in die Hose gehen. Katja wusste nicht, ob ihr zukünftiger
Ehemann überhaupt in der Lage war, sein Intimleben per-
manent neu zu erfinden. Er war mit seinem Intimleben, so
wie es war, bereits mehr als zufrieden.

Sven war ein überaus freundlicher Mensch, der in Berlin
Politologie studierte und außerordentlich in Katja verliebt
war. Er war jedoch sehr zurückhaltend und zeigte ungern
seine Gefühle. Katja hielt das immer wieder für Gleichgültigkeit. Deswegen beschloss sie, vor der Hochzeit ein Experiment durchzuführen, um festzustellen, wie ihr zukünftiger
Ehemann auf eine ständige Erneuerung des Intimlebens reagieren würde. Katja nannte ihr Projekt »9 ½ Wochen«, nach
einem alten Hollywood-Film, in dem der noch junge Mickey Rourke die noch jüngere Kim Basinger quälte, um ihr
seine Gefühle zu vermitteln. Unter anderem legte er sie auf
Eis, zwang sie, mit verbundenen Augen Erdbeeren zu essen, und beschmierte sie mit Honig. Er jagte sie durch die
Wohnung, hängte sie an der Wand auf und sperrte sie in die
Dusche – bis die beiden nach 9 ½ Wochen restlos ermüdet
voneinander abließen und sich trennten.

Diesmal musste Katja die Rolle von Mickey Rourke über-

nehmen. Doch alles, was im Film so leicht schien, erwies sich in der Realität als unglaublich kompliziert und geradezu lebensgefährlich. Schon die erste Überraschungsaktion lief schief.

Katja wollte Sven bei ihm zu Hause überraschen, zog sich im Hinterhof vor dem Treppenhaus aus und ging mit dem Kleid in der Hand die Treppe hoch. Dabei malte sie sich aus, wie Sven reagieren würde, wenn er die Tür aufmachte und sie sähe. Sven wohnte im vierten Stock, im dritten feierte eine Latino-Nichtraucher-Wohngemeinschaft eine Party. Ihre Wohnungstür stand offen, auf der Treppe saßen fünf Indios und rauchten. Als sie Katja sahen, freuten sie sich riesig. »Das ist nicht für euch!«, winkte Katja eilig ab und lief schnell nach oben. Die Indios folgten ihr – für alle Fälle. Als Sven die Tür aufmachte, sah er seine Freundin, die nur Stiefel und Höschen anhatte, neben ihr fünf rauchende Indios. Ein nicht gerade erotischer Anblick. Als höflicher Mensch stellte Sven jedoch keine Fragen und machte seine Freundin dadurch nur noch rasender.

»Ich versuche, unser Leben ein bisschen ereignisvoller und sexier zu gestalten, und du tust gar nichts dafür«, machte Katja ihrem Herzen Luft.

»Mir gefällt es so, wie es ist«, maulte Sven.

Einige Tage später verkleidete sich Katja als Prostituierte und stellte sich an den Ausgang des U-Bahnhofs Schönhauser Allee – kurz bevor Sven dort für gewöhnlich aus-

stieg. Eine halbe Stunde wartete sie dort auf ihn, wobei sie von immer mehr Pennern angemacht wurde und sich unterkühlte, was mit einer Blasenentzündung endete. Sven war inzwischen längst am anderen Ausgang ausgestiegen und wartete zu Hause auf sie.

Katja verunsicherten diese Misserfolge zwar, aber sie experimentierte wacker weiter. Kurz vor Weihnachten wollte sie Sven erneut überraschen. Sie legte sich ausgezogen aufs Sofa und überschüttete sich mit Rosenblütenblättern, die sie mit Schlagsahne garnierte. Sie wollte ihm damit einen Blumentorten-Schock versetzen, der ihn endlich aus der Reserve locken sollte. Sven verspätete sich jedoch, die Schlagsahne verwandelte sich in einen süßen klebrigen Brei, der aufs Sofa kleckerte, und die Rosenblätter begannen auf der Haut zu jucken. Als Sven kam, sah die Blumentorte eher unappetitlich aus. Taktvoll entschuldigte er sich, ohne anzuklopfen hereingeplatzt zu sein, und verzog sich in die Küche. Katja warf ihm anschließend vor, gleichgültig und kalt wie ein Roboter zu sein.

»Was soll ich denn tun?«, verteidigte sich der Schwede. Sie sahen sich zusammen den Film »9 ½ Wochen« als Video an. Danach meinte Sven: »Jetzt verstehe ich.«

Als Katja am nächsten Tag nach Hause kam, lag er in eine Decke eingewickelt im Bett und strahlte vor Freude.

»Was ist los? Bist du krank?«, fragte sie.

»Überraschung, Überraschung!«, rief Sven. Mit einer

Handbewegung riss er die Decke herunter – an der intimsten Stelle seines Körpers stand ein kleiner Tannenbaum, schön geschmückt mit einem roten Stern an der Spitze. Katja krümmte sich vor Lachen. Sie beschlossen, ihre Eheschließung erst einmal aufzuschieben. Katjas persönliche 9 ½ Wochen waren noch nicht um.

# Das Mädchen Christina und der Schwanz-Martin

Die zahlreichen Cafés und Restaurants rund um den Savignyplatz sind die letzten Überbleibsel der alten Berliner Gemütlichkeit. Sie werden hauptsächlich von vornehmem älterem Publikum besucht. Techno spielende Pkws oder IG Metall-Demonstranten ziehen an diesem Platz nicht vorbei. Im Sommer machen dort höchstens ein paar Touristenbusse aus Baden-Württemberg halt. Biergarten-Fans, fröhlich gesinnte Gymnasiasten sowie professionelle Dartspieler gehen woanders hin. Auch Doppelkorn zum Bier wird am Savignyplatz selten bestellt. Stattdessen trinkt man dort Kaffee mit Likör und nimmt ein Stück Apfelkuchen dazu.

Gleich nach dem Ersten Weltkrieg fielen diese Cafés durch die zunehmende Anzahl russischsprachiger Gäste auf. Dort wurde die russische »Bourgeoisie« ansässig, die vom rebellierenden Proletariat aus dem sozialistischen Russland vertrieben und in Charlottenburg gelandet war. Am Savignyplatz fand diese Bourgeosie aber nur kurze Zeit Ruhe: Als Hitler an die Macht kam, mussten sie wieder einpacken.

In den ersten Jahren dieses neuen Jahrtausends fallen die Savignyplatz-Cafés durch eine zunehmende Zahl Russisch sprechender Bedienungen auf. Kaffee und Kuchen werden in diesen Lokalen von freundlichen jungen Frauen serviert, die fast alle aus der Ukraine stammen und in Berlin Publizistik oder Politologie studieren. Die Mädchen sehen alle aus, als hätten sie in der Ukraine bei einem Schönheitswettbewerb eine Reise nach Charlottenburg gewonnen – inklusive Studien- und Arbeitsplatz. Sie bilden zusammen eine Art Einheit, als wären sie von einem klugen Professor für Kneipenforschung ausgewählt worden, um dem Savignyplatz ein bisschen mehr Glanz zu verleihen. Und in der Tat steckt eine Initiative von Professor Doktor Schumann dahinter, der vor einiger Zeit einen Verein namens »deutsch-ukrainischer Arbeitskreis« gegründet hat und seitdem Jahr für Jahr höchstpersönlich junge hübsche Studentinnen mit guten Deutschkenntnissen aus der Ukraine zum Erfahrungsaustausch und Praktikum nach Deutschland holt. Hier sollen sich junge deutsche Journalisten um die ukrainischen Kolleginnen kümmern. Auch unsere Bekannte Christina kam auf Einladung des deutsch-ukrainischen Arbeitskreises nach Berlin. Hier lernte sie dann Martin kennen, einen angehenden Journalisten – sehr dünn, sehr groß und sehr ehrgeizig.

Martin arbeitete Tag und Nacht. Er recherchierte und schrieb für so ziemlich alle Zeitungen und Zeitschriften, die es in Deutschland gab. Durch seine Arbeit war er ständig

von vielen Menschen umgeben, aber in seinem Herzen war er anscheinend sehr einsam. Martin verliebte sich sofort in Christina. Und sie sich auch in ihn. Die beiden passten auch tatsächlich sehr gut zusammen. Christina träumte ebenfalls von einer großen journalistischen Karriere und konnte bei Martin noch viel lernen.

Nach einem Monat zog das Journalistenpaar zusammen. Martin war weiterhin unterwegs auf der Suche nach der Story seines Lebens, Christina saß zu Hause und schrieb Reportagen über das neue Deutschland, also darüber, wie sich das Land seit der Wiedervereinigung verändert hatte – eine Auftragsarbeit für eine große ukrainische Zeitung. Christina schrieb über die neue deutsche Mentalität, über Aufgeschlossenheit, Neugier und ein wachsendes Interesse an fremden Kulturen. Als Beispiel für diese neue deutsche Mentalität nahm sie exemplarisch ihren Freund Martin. In ihren Reportagen beschrieb sie praktisch alles, was dieser so trieb.

Eines Tages im Sommer holte Christina aus dem Briefkasten eine Postkarte mit einem lustigen Weihnachtsmann drauf. Der Weihnachtsmann auf dem Foto hatte einen riesengroßen Penis, und auf dem Kopf trug er statt einer Mütze ein Kondom. »Sex mit dir war geil«, stand auf der Karte. Nur ein einziger Satz ohne Unterschrift und ohne Einzelheiten. Martin war gerade wieder auf Reisen. Nach langem Überlegen kam Christina zu dem Schluss, dass diese Post-

karte nicht an sie, sondern an ihren Freund adressiert war. Jeder andere hätte die Karte für einen blöden Witz gehalten und auf der Stelle weggeschmissen. Aber die sehr sensible Christina wurde eifersüchtig und durchsuchte erst gründlich den Schreibtisch ihres Freundes, dann die Festplatte seines Computers. Was sie dort fand, schockte sie: eine Annonce, die Martin seit zwei Jahren regelmäßig in den Stadtmagazinen veröffentlichte:

»Bist du ein Mauerblümchen? Dann brauchst du nicht weiterzulesen«, stand in der Anzeige. »Ich suche eine wilde Orchidee ohne Hemmungen. Bin extrem sympathisch, habe einen enorm großen Schwanz und viel Spaß an Sex und Erotik. Ich werde dich von allen Seiten bedienen – zart oder hart. Kind, Brille, Alter, Aussehen – kein Hindernis. Hast du Freunde? Bring sie mit. Ich freue mich auf deine E-Mail.«

Als Martin nach Hause kam, machte Christina ihm eine Szene. Martin verteidigte sich: Sie hätte seine Kleinanzeige völlig falsch verstanden. Sex per Annonce, das sei nur ein Hobby von ihm, das er sich in der Pubertät angewöhnt hätte. Alle diese Sex-Partnerinnen interessierten ihn nur als Lustobjekte, also gar nicht als Menschen. Seine Beziehung zu Christina dagegen sei eine ganz andere – eine menschliche Beziehung, die auf echten Gefühlen und gegenseitigem Vertrauen beruhe. Also eine Verbindung fürs Leben und nicht nur zum Spaß. Wütend zerfetzte Martin die Postkarte mit dem Weihnachtsmann und schmiss sie in den Mülleimer.

»Eigentlich hätte ich dir früher von meinem Hobby erzählen sollen«, meinte er. »Dann wäre es nicht zu diesem Missverständnis gekommen.«

Für Christina war das ein ziemlicher Schlag. Die neue deutsche Mentalität, mit der sie sich scheinbar so gut auskannte, war ihr plötzlich sehr rätselhaft geworden. Sie zog bei Martin aus, zurück in das Studentenwohnheim, und bekam eine Schreibkrise. Tag für Tag saß sie am Fenster, vergaß den Gasherd auszumachen, und ans Telefon ging sie auch nicht. Dafür wurde sie von ihren Mitbewohnern ständig beschimpft. Die ukrainische Zeitung rief jede Woche an und wollte von Christina die neuen Folgen ihrer Deutschland-Serie haben. Irgendwann erzählte sie ihren Mitbewohnerinnen von dem komischen Hobby ihres Exfreundes. Und die erzählten es wiederum anderen Freunden, wobei sie Christinas Geschichte fortwährend mit weiteren Details ausschmückten, sodass sie zuletzt eine Kultgeschichte wurde, ein *urban tale*. Der Exfreund von Christina kam darin als Schwanz-Martin vor. Jedes Mal, wenn irgendwo ein Artikel von ihm erschien, bemerkte der eine oder die andere: »Oh, Schwanz-Martin hat etwas über die Berliner Koalitionskrise geschrieben.« Oder: »Hast du den Verriss über das Stück an der Volksbühne von Schwanz-Martin gelesen?« Vor Kurzem schrieb er einen Beitrag über Russen in Berlin und interviewte dazu mich in einem Café.

»Herr Kaminer, sehen Sie eine Verbindung zwischen

der heutigen Emigration und den russischen Emigranten der Zwanzigerjahre?«, fragte er. Ich bemühte mich um eine ernsthafte Antwort, musste aber ständig an seine Annonce denken und konnte mir das Lachen nicht verkneifen. Zwei junge Frauen, die hinter uns saßen, lachten ebenfalls. Wahrscheinlich kennt schon die halbe Stadt diese Geschichte. Martin ließ sich jedoch nichts anmerken und zog das Interview professionell durch.

# Odessa, die Stadt der Liebe

Man hatte mich zu einer Lesung nach Odessa eingeladen. Die Einladung war von einer Sprachschule mit Schwerpunkt Deutsch gekommen. »Willkommen in der Stadt der Liebe«, las ich bereits am Flughafen auf einem Plakat, hatte mir aber nichts besonders Liebevolles dabei gedacht. Die übliche Stadtwerbung eben. Der Auftritt in einem überfüllten Theater verblüffte mich, ich staunte nicht schlecht über so viele Sprachbegabte und Deutschinteressierte, die trotz des guten Wetters gekommen waren. Vor allem junge Frauen.

Die Sprachschule hatte in einem kleinen Zimmer im Erdgeschoss angefangen, in dem es zunächst mehr Schaben als Studenten gab. Die Schaben kamen auch später regelmäßig zum Unterricht, wahrscheinlich fasziniert vom Klang der deutschen Sprache. Jetzt hat die Schule, die unter dem Namen »Unsere Schule« in der Stadt bekannt ist, das ganze Haus erobert, wie ich von der Chefin Katarina erfuhr.

Später am Abend gingen wir zusammen essen. Die Hauptspeise der ukrainischen Küche ist Selbstgebrannter

mit Speck und Hering. Dementsprechend verströmten die Restaurantgäste eine euphorische Stimmung, und sogar der Wind roch hier nach Knoblauch, Schnaps und Meer. Wilde Straßenkatzen gingen in Scharen spazieren, gewaschene Hauskatzen beobachteten sie von Balkonen und Fenstern aus. Überall in den Cafés saßen Pärchen, noch öfter jedoch Trios: ein Mann fortgeschrittenen Alters, der laut Ausländisch sprach, und ihm gegenüber zwei Mädchen – eine schweigende Aufgepeppte und eine mit Brille, die die ganze Zeit etwas erzählte.

Ja, bestätigte mir die Sprachschulleiterin, das sei ein typischer Dreier, nicht ungewöhnlich für Odessa: ein alter Millionär, eine Braut und ihre Dolmetscherin. Sie kenne viele von ihnen: »Sie haben doch alle an unserer Schule Sprachen gelernt.«

In einem Park nahe des Cafés, in dem wir saßen, fand eine Probe für die Oper *Aida* statt. »Entweder ihr geht, oder ihr seid still und hört zu«, schimpfte der Dirigent die stehen gebliebenen Passanten aus und drohte ihnen mit dem Dirigentenstab. Die wunderschöne Musik tauchte die ganze Stadt in eine romantische Stimmung. Mädchen mit Brillen erzählten Millionären auf Englisch, Französisch oder Deutsch, dass nur die Liebe zähle und das letzte Hemd sowieso keine Taschen habe. Ihre aufgedonnerten Freundinnen schwiegen dazu tiefsinnig und schauten den Millionären direkt in die Taschen.

»Alles Internet-Bekanntschaften«, klärte mich die Sprachlehrerin auf. Manche der Millionäre kämen drei oder gar fünf Mal hintereinander nach Odessa. Man müsste ihnen eigentlich das Internet sperren, wenn sie die Verkupplungsdienste zu lange belasteten: »Tut uns leid, Ihre Verkupplungszeit ist um!«, würde dann auf dem Monitor erscheinen.

Für meinen Geschmack sahen die vielen Dolmetscherinnen besser aus als die Bräute, sympathischer, entspannter und irgendwie intelligenter. Aber Geschmack ist so eine Sache. Wer wusste schon, was diese ausländischen Gäste wirklich mochten.

»Viele von den Mädchen haben bei mir studiert. Jetzt können sie ihre Sprachkenntnisse zu Geld machen.«

Einsame Menschen aus der ganzen Welt, die den konventionellen Möglichkeiten, im realen Leben eine Frau kennenzulernen, nicht trauen, versuchen es im Internet. Ein ganzer Staat von sprachbegabten Mädels ist daraus inzwischen entstanden. Sie begleiten die Paare, sie erklären die Spielregeln, und sie schreiben im Namen der Bräute Liebesbriefe. Für sie gibt es spezielle Formen, die von der Verkupplungsagentur als erster, zweiter und dritter Brief bezeichnet werden. Der erste Brief heißt intern »Brief der Hoffnung«, der zweite »Brief des Wartens« und der dritte »Brief der Freude über das baldige Treffen«. Nach dem dritten Brief sollte der Kunde eigentlich schon die Reise buchen. Wenn

er nicht bucht, wird sein Geiz wahrscheinlich jeden weiteren Kontakt verhindern. Allerdings wird in Odessa vermutet, dass dort, auf der anderen Seite des Meeres, Millionäre ihre Briefe ebenfalls nicht selbst schreiben, sondern von einem Kommando sprachbegabter Jungs dabei unterstützt werden.

Der eingetroffene Millionär muss dann noch einmal schnell auf die Leichtigkeit seines Seins überprüft werden. In der Regel sagt die Dolmetscherin, die Braut sei total aufgeregt. Immerhin sei es ihr erstes Treffen, aber ein Schluck Champagner würde sicher helfen. Wenn der Millionär nachhakt, ob es auch ein Saft oder ein Espresso tun würden, sagen die Frauen gleich tschüss und gehen zum nächsten Termin. Wenn aber der Champagnerkorken knallt, kann man mit dem Millionär weiterarbeiten. Am besten geht man mit ihm einkaufen, bringt das Eingekaufte später wieder zurück ins Geschäft und kassiert dafür die Hälfte. Im Extremfall kann man den Kerl sogar heiraten, einen ausländischen Pass beantragen und nach Amerika, Australien oder England fahren. Da befürchten jedoch die meisten, dass sie Odessa vermissen würden, diese Stadt am Meer, wo im Park nachts Opernarien gesungen werden, die Luft nach Knoblauch riecht und sogar auf den Kastanienbäumen Katzen sitzen.

Oder vielleicht doch nicht. Man weiß das vorher nie.

# Das höfliche Schweigen des Universums

Das sogenannte Schweigen des Universums ist nicht nur ein astrologisches Problem, aber es wird in erster Linie unter Astrologen diskutiert. Es wird Zeit, dass auch normale Menschen sich darüber Gedanken machen. Das Problem ist leicht zu erklären. Nach heutigem Kenntnisstand sind wir sicher nicht die einzigen Bewohner des Universums. Irgendwo im All muss es ein anderes Leben geben, oder wie der letzte Generalsekretär der DDR, Erich Honecker, es einmal treffend formulierte: Wir sind nicht allein auf der Welt. Das Universum aber schweigt. Das andere Leben meldet sich nicht. Entweder wartet es ab, oder es mag uns nicht. Vielleicht sind wir ihm nicht sexy genug.

Vor langer, langer Zeit, als es noch keine Anzeichen von irgendeiner Finanzkrise gab und das Geld in Amerika locker saß, beschlossen die Amerikaner, die schon immer zu einfachen Lösungen von komplexen Problemen neigten, das Schweigen des Universums zu brechen. 1972 schossen sie eine Raumsonde mit dem Namen Pioneer 10 ins All, deren Aufgabe es war, sich so weit wie möglich vom Sonnen-

system zu entfernen und eines Tages dem unbekannten Intellekt auf einem fernen Planeten, egal in welcher Form er sich dort entwickelt haben mag, ob als Naturjoghurt oder als Schuppen oder als intelligenter Schleim, unsere Zivilisation vorzustellen. Zu diesem Zweck wurden der Sonde zwei goldene Plaketten mit den Errungenschaften unserer Zivilisation mitgegeben. Den Schwerpunkt der Botschaft bildete eine Zeichnung die einen nackten Mann und eine nackte Frau zeigte. Der Mann winkte dem intelligenten Schleim so freundlich zu wie ein Versicherungsvertreter.

Die Amerikaner haben weder Hamburger noch ein Paar Würste mit eingepackt. Sie konnten nichts wirklich Leckeres in die Kapsel legen, nicht einmal Konserven, weil man davon ausging, dass jedes Verfallsdatum überschritten sein würde, bevor die Sonde einen anderen bewohnten Planeten erreichte. Man wollte den Schleim schließlich nicht vergiften oder ihn mit schlechten Würsten verschrecken und von einem Besuch abhalten. Deswegen haben sich die Amerikaner beim Einpacken der Geschenke in erster Linie auf ewige Werte, auf Kulturgüter, konzentriert. Sie haben ein paar Chemieformeln eingepackt, ein bisschen aus Physik und Mathematik, die Quadratur des Kreises und die Wahrscheinlichkeitstheorie. Bücher haben sie nicht in die Kapsel gelegt, auch keine Filme auf Video, sie waren sich nicht sicher, ob der Schleim lesen können würde oder einen Videorecorder besaß. Dafür haben sie ihm bei einer weiteren

Sonde etwas später einen Walkman eingepackt und eine Kassette – mit einem Mixtape. Ich weiß nicht mehr auswendig, welche Songs da drauf waren, auf jeden Fall etwas von Wolfgang Amadeus Mozart und Chuck Berrys »Johnny B. Goode«. Außerdem durfte jeder Amerikaner sein Foto nebst Kurzbiografie und Adresse mit in die Kapsel packen – selbstverständlich nicht kostenlos, sondern für eine Million Dollar. Das haben einige Millionäre gemacht, wahrscheinlich in der Hoffnung, der Schleim würde sie besonders interessant und attraktiv finden und sich sofort auf den Weg machen, um sie näher kennenzulernen. Vielleicht könnte der Schleim sie wieder zum Leben erwecken, falls sie zum Zeitpunkt seiner Landung bereits tot sein sollten. So war, glaube ich, der bescheidene Gedanke, der dahintersteckte.

Die Pioneer 10 hatte ziemlich schnell die Grenze des Sonnensystems passiert, ein letztes Radiosignal kam von ihr, als sie sich durch die Saturnringe mogelte. Seit ihrem Start sind inzwischen 37 Jahre vergangen, und wir fragen uns wohl zu Recht: Was nun? Wo bleibt der Schleim? Wissenschaftler spekulieren, dass die Sonde möglicherweise auf einem falschen, das heißt unbewohnten Planeten gelandet ist.

Ich bin mir allerdings ziemlich sicher, dass der Schleim alles bekommen und die Kapsel neugierig aufgemacht hat. Er hat die Wahrscheinlichkeitstheorie und die Quadratur des Kreises durchgeblättert und zur Seite gelegt, die nackte Frau ausgeschnitten und sich an die Wand neben sein Bett

gehängt. Da liegt er nun, spielt abwechselnd Mozart und Chuck Berry, schaut sich die Fotos der Millionäre an und lacht sich wahrscheinlich tot über uns. Er macht keine Anstalten, uns zu besuchen, um unsere Toten wieder zum Leben zu erwecken oder zumindest einfach mal hallo zu sagen. Wir sind selber schuld. Wir haben seine Neugier mit der Pioneer 10 gestillt. Nun weiß er so gut wie alles über uns, wir über ihn dagegen nichts. Doch eins wissen wir auch über ihn – dieser Schleim ist eine faule Sau. Aber pass auf, du, wir kommen bald zu dir!

Die Erfahrung der Menschheit zeigt, jede unserer Fantasien wird früher oder später Realität. Der Weltraumtourismus ist da keine Ausnahme. Das Angebot wächst mit der Nachfrage. Immer mehr Erdbewohner wollen ihren Urlaub nicht auf Mallorca oder Ibiza, sondern im Weltall verbringen. Die Firmen, die einen solchen Luxusurlaub anbieten, konkurrieren aufs Heftigste miteinander: die Chinesen, die Holländer und die Amerikaner. Natürlich ist es noch zu früh, dabei von einem Massenweltraumtourismus zu sprechen. Die Preise für ein solches Abenteuer sind noch hoch, zwischen 75 000 und 75 Millionen Euro werden in der Regel pro Kopf verlangt, je nachdem, wie viel Gepäck der Weltraumtourist mitnehmen möchte, ob er allein oder mit Familie reist und ob Haustiere dabei sind. Außerdem kommt es drauf an, wie lange er in der Schwerelosigkeit verbringen möchte.

Weit fortgeschritten in diesem Wettstreit um den Weltraumtourismus scheinen die Amerikaner zu sein. Einer ihrer Präsidenten sagte einmal in einer Rede: »We multiply on other planets« – was auf gut Deutsch heißt, die Amerikaner wollen sich auf den anderen Planeten sogar vermehren. Das ist eine gewagte Ansage. Die Russen, eine alte Kosmonauten-Nation, mussten darüber lachen. Obwohl bei den Russen zurzeit aufgrund der Korruption und der allgemeinen Desillusionierung kaum eine Rakete gestartet wird, waren meine Landsleute lange Zeit die Ersten im Universum. Sie verfügten über eine Menge erfahrener Kosmonauten, die in den Weltraum wie zur Arbeit hin- und zurückflogen. Kein anderes Land hat so viele Menschen ins All geschossen wie die Russen. Sie wissen daher: Sich im Weltraum zu vermehren, ist eine riesige Herausforderung.

Ich habe selbst als Kind mit mehreren Kosmonauten gesprochen. Ihre Siedlung befand sich in der Nähe unseres Hauses. Kosmonauten waren bei uns wie eine höher gestellte Kaste. Sie hatten größere Wohnungen, bessere medizinische Versorgung, eigene Lebensmittelgeschäfte. Mein Vater ging immer zum Kosmonauten-Kiosk, um Zigaretten der Marke Kosmos zu kaufen. Die waren zwar teuer, schmeckten aber sehr gut.

Ein Freund meines Vaters, ein alter Kosmonaut, erzählte uns einmal, im Weltall sei es gar nicht so spannend. Am Anfang sei es hübsch, die kleinen runden Planeten, die

man im Bullauge sah, drehten sich langsam um die eigene Achse und um die Sonne herum. Doch auf Dauer könne es ziemlich öde werden. Der Weltraum, erklärte uns der alte Kosmonaut, sei ein wenig wie Thailand. Kurz einmal vorbeireisen ist super interessant, dauerhaft dort zu bleiben – nein danke. Er konnte es dort nie länger als ein paar Monate aushalten, ob in Thailand oder im Weltall spielte keine Rolle.

Was die Vermehrung betraf, so hatten die Russen bereits im vorigen Jahrhundert eine umfangreiche Forschung darüber betrieben, ob Sex in der Schwerelosigkeit möglich war. Zu diesem Zweck wurden Paare ins All geschickt. Die Ergebnisse dieser Experimente waren so lala. Drückten sich in der Schwerelosigkeit zwei Menschen heftig aneinander, so flogen sie im nächsten Moment genau so heftig wieder auseinander. Also müssen sie sich aneinander festschnallen. Es fließt nichts in der Schwerelosigkeit, und es fällt nichts herunter. Das heißt, wenn einer der Liebenden vor Aufregung niest, wird das Genieste weiterhin neben ihm in der Luft hängen. Außerdem funktioniert die Durchblutung des Körpers im All anders. Das Blut steigt nach oben, in den Kopf, was gut fürs Küssen ist. Um eine Erektion zu bekommen, muss der Kosmonaut aber einen Kopfstand machen.

Die sowjetischen Kosmonauten hatten sich als erstaunlich anpassungsfähig erwiesen. Noch Jahre später, als sie längst wieder auf der Erde gelandet waren, konnten sie ihre

Frauen nur auf dem Kopf stehend umarmen, so sehr hatten sie sich an das Leben im Weltraum gewöhnt, erzählte uns unser alter Kosmonaut.

Ob die Amerikaner es im Kopfstand können, wird sich demnächst zeigen.

Wladimir Kaminer wurde 1967 in Moskau geboren. Er absolvierte eine Ausbildung zum Toningenieur für Theater und Rundfunk und studierte anschließend Dramaturgie am Moskauer Theaterinstitut. Seit 1990 lebt er mit seiner Frau und seinen beiden Kindern in Berlin. Er veröffentlicht regelmäßig Texte in verschiedenen Zeitungen und Zeitschriften und organisiert Veranstaltungen wie seine mittlerweile international berühmte »Russendisko«. Mit der gleichnamigen Erzählsammlung sowie zahlreichen weiteren Büchern avancierte er zu einem der beliebtesten und gefragtesten Autoren Deutschlands. Alle seine Bücher gibt es als Hörbuch, von ihm selbst gelesen.

Weitere Informationen zu Wladimir Kaminer finden Sie unter www.wladimirkaminer.de.

Sämtliche Titel sind auch als ▐⋷ E-Book erhältlich.

Die Geschichte »Liebeserklärung an die Russen«
erschien ursprünglich in gekürzter Fassung als Kolumne beim
Evangelischen Pressedienst.

 Dieses Buch ist auch als E-Book erhältlich.

MIX
Papier aus verantwor-
tungsvollen Quellen
FSC  FSC® C014496
www.fsc.org

Verlagsgruppe Random House FSC® N001967

Wunderraum-Bücher erscheinen im
Wilhelm Goldmann Verlag, München,
einem Unternehmen der Random House GmbH.

1. Auflage
Originalveröffentlichung August 2019
Copyright © 2019 by Wladimir Kaminer
Copyright © dieser Ausgabe 2019
by Wilhelm Goldmann Verlag, München,
in der Verlagsgruppe Random House GmbH,
Neumarkter Str. 28, 81673 München
Umschlaggestaltung und Konzeption: buxdesign | München
Umschlagillustration: Shutterstock Images LLC
Autorenfoto: © Urban Zintel
Satz: Buch-Werkstatt GmbH, Bad Aibling
Druck und Bindung: GGP Media GmbH, Pößneck
Printed in Germany
ISBN 978-3-336-54801-9

www.wunderraum-verlag.de

Auf Wiedersehen im
# WUNDERRAUM

www.wunderraum-verlag.de